Christian Humberg

Sagenhaft Eifel!

Abenteuer in einer fantastischen Region

Buch 1

Das Schloss am Maaresgrund

Impressum

Text & Konzept: Christian Humberg
Serienidee: Sven Nieder & Christian Humberg
Titelbild & Illustrationen: Martin Frei
Lektorat: Wibke Sawatzki
Fotografien: Sven Nieder
Layout: Björn Pollmeyer
Überschriften: Gnaramops von Markus Spang

Gedruckt in der Europäischen Union, Finidr, CZ

MIX
Papier aus verantwortungsvollen Quellen
FSC® C014138

2. Auflage, 2023

ISBN 978-3-946328-00-1

www.sagenhaft-eifel.de

Für Rasmus
Willkommen daheim

Die Helden von Burg Krähenfels

Lena

Elias

Pikrit

Lena Schäfer ist elf, sportlich und alles andere als ein »typisches Mädchen«. Wo andere Prinzessin spielen, spielte sie schon früh viel lieber Fußball. Niemand in ganz Krähenfels klettert die glitschige Eiche auf dem Schulhof schneller hoch als sie. Lena hasst Lügen, Physikhausaufgaben und Rosenkohl. Am liebsten hält sich das kontaktfreudige blonde Mädchen, das jede neue Hose binnen weniger Stunden an den Knien aufgescheuert bekommt, im Freien auf.

Elias Schäfer ist elf, Stubenhocker und ziemlich schlau. Der schwarzhaarige Junge mit den vielen Allergien fühlt sich zwischen Büchern und Computern deutlich wohler als in der freien Natur. Sein liebster Lieblingsort von allen ist das Computerzimmer auf Burg Krähenfels. Elias durchschaut manches Rätsel schneller als seine Freunde. Auch wenn er zwei linke Hände und eine riesengroße Brille hat, helfen sein Grips und sein immenses Wissen Lena und ihm aus vielen Gefahren.

Pikrit ist ein Vulkanteufelchen niedrigsten Ranges und das Maskottchen des Internats Krähenfels, lebt es doch als Haustier bei Direktor von Schlotterfest. Pikrit ist etwa so groß und rund wie ein kleiner Fels und am ganzen Leib mit einer Haut aus Lavagestein bedeckt. Er hat lächerlich dünn wirkende Arme und Beine, in denen enorme Kraft schlummert, und eigentlich immer Hunger. Wenn er möchte, kann er sich unsichtbar machen (Experten erkennen seine Anwesenheit dann aber trotzdem noch an seinem Schwefelgeruch). Obwohl Pikrit nur selten spricht, zählen Schimpfen und Grummeln zu seinen Lieblingsbeschäftigungen. Ginge es nach ihm, läge er den ganzen Tag dösend in der Sonne; doch sein Herrchen zwingt ihn, auf Elias und Lena aufzupassen.

Prof. Dr. Dr. **Hilarius von Schlotterfest** ist der weit gereiste Leiter des Internats und Gerüchten zufolge älter als die von ihm so geliebten Eifelvulkane. Die größte Leidenschaft des weisen Direktors ist es, unheimlichen und mysteriösen Dingen auf den Grund zu gehen. Das beweist auch Krähenfels, hat er mit den dortigen Lehrern doch einige der mysteriösesten »Dinge« versammelt, die ihm auf seinen Reisen begegneten. Die Eifel mit ihren vielen Geschichten fasziniert Schlotterfest sehr; entsprechend nachsichtig reagiert er auf das ähnliche Interesse der Zwillinge.

Prolog

So fing es an: mit leeren, stillen Korridoren, die nach altem Staub rochen. Mit einer gewaltigen tickenden Standuhr. Und mit sieben merkwürdigen Menschen, die in Ledersesseln saßen und sich – so sie denn welche hatten – nachdenklich über ihre Bärte strichen.

»Also bleiben wir hier, ja?«, fragte einer der merkwürdigen Menschen. Er hatte einen verschlagenen Ausdruck im Gesicht und eine riesige, spitze Nase. Er klang nicht gerade begeistert.

»Wir bleiben«, antwortete sein Nebenmann entschlossen. Er hatte eine kreisrunde Glatze und einen gewaltigen Bauch. Beides ließ ihn wie ein Mönch wirken, und seine

Miene hatte tatsächlich etwas Seliges an sich. »So will es das Haus, so soll es geschehen.«

»Das Haus, das Haus«, äffte Spitznase ihn nach. »Was weiß das Haus denn schon?«

Die einzige Frau in der Runde atmete scharf ein. Sie saß Spitznase gegenüber. Ihr langes Kleid war so pechschwarz wie ihre Haare; außerdem sah es aus, als wäre es seit ein paar hundert Jahren nicht mehr modern. Der Blick ihrer nachtdunklen Augen war tadelnd. »Das Haus irrt sich nie«, zischte sie. »Du tätest gut daran, dir das endlich zu merken, Ru…«

»Keine echten Namen!«, unterbrach sie ein weiterer Mann und hob warnend die Hand. Er wirkte nicht minder eigenartig als seine Begleiter: Er war schmal und groß, hatte einen gezwirbelten Schnurrbart und ein Monokel im Gesicht. Er trug packpapierfarbene Safari-Kleidung, als käme er geradewegs von einer Großwildjagd, und einen weißen Tropenhut mit gewaltiger Krempe. Darin schien er sich pudelwohl zu fühlen. »Wir heißen nicht, wir sind!«

Alle anderen Anwesenden, sogar der mit der spitzen Nase, senkten reumütig die Köpfe. »Wir heißen nicht, wir sind«, wiederholten sie, leise und einstimmig.

Dann schwiegen sie. Abermals hörte man im gesamten Gebäude nichts als das Ticken der großen Standuhr. Minuten vergingen.

Und mit einem Mal sah Spitznase wieder auf. »Aber warum ausgerechnet hier? Diese …« Er schien nach Worten zu suchen, und die, die ihm schließlich einfielen, kamen ihm nur abfällig über die Lippen. »Diese Eifel hat doch nun wirklich nichts zu bieten außer Kühen und Bäumen und Wiesen und Dorftrotteln und …«

Der Mann mit dem Tropenhelm schmunzelte. »Sie irren sich, werter Kollege. Sie irren sich ganz gewaltig. Aber das werden Sie schon noch merken, das verspreche ich Ihnen. Das Haus wäre nicht hier, wenn dem anders wäre. Es ist hier, weil es hier Arbeit für uns gibt. Viel Arbeit sogar.«

Die übrigen Anwesenden wechselten bedeutungsschwere Blicke.

Die Frau mit dem schwarzen Kleid beugte sich in ihrem Sessel vor. »Und die Zwillinge, Herr Direktor?«

Sein Schmunzeln wuchs. »Die zwei Kinder sind genau das, was wir in Zukunft brauchen werden. Auch wenn sie es noch gar nicht wissen. Denn das Haus …«

»… irrt sich nie«, beendete Spitznase den Satz. Mit einem tiefen Seufzen ergab er sich in ein Schicksal, das längst mehr nicht nur das seine war.

~

Kapitel 1

Neues Zuhause mit schlechten Manieren

»Das überlebe ich nicht«, ächzte Elias Schäfer. Aus großen Augen betrachtete er das uralt wirkende Gemäuer, vor dem sein Papa den Wagen parkte.

Lena, die neben ihm auf dem Rücksitz saß, knuffte ihn in die Seite. »Na, kriegst du schon Heuschnupfen?«

»Benehmt euch gefälligst«, schimpfte Papa. Er drehte sich um und betrachtete die Zwillinge mit einer eigenartigen Mischung aus Zorn und Bedauern. Seine Stimme wurde wieder sanfter. »Hört mal, ihr zwei. Das muss jetzt einfach funktionieren. Ihr werdet sehen: Krähenfels ist eine ganz tolle Schule, und die Gegend hier ist doch wirklich wunderschön.«

»Find ich nicht«, murmelte Elias und zog lautstark die Nase hoch.

Lena seufzte. Ihr dämlicher kleiner Bruder – Elias war ganze zwei Minuten jünger als sie – hatte mehr Allergien als Haare auf dem Kopf und blieb am liebsten im Haus bei seinen Büchern und dem Computer. Doch auch sie hatte keine große Lust auf den Umzug ins Internat Krähenfels.

»Warum müssen wir denn *überhaupt* hierhin?«, fragte sie zum vielleicht tausendsten Mal, seit Papa die eigenartige Annonce der Schule in der Zeitung entdeckt hatte. »Warum können wir nicht bei dir bleiben?«

Papa schüttelte den Kopf. »Das haben wir doch alles schon besprochen, Leute. Wieder und wieder. Und glaubt mir: Mir gefällt das so wenig wie euch. Aber mein Job ist momentan zu stressig. Und die neue Wohnung wird so klein … Da kann ich mich nicht um euch kümmern.«

»Musst du auch nicht«, murmelte Elias trotzig und nieste prompt. »Wir sind doch schon alt genug.«

»Ihr seid elf«, sagte Papa, als wäre das ein Widerspruch. Dann richtete er den Blick wieder auf Lena. »Sobald ich wieder mehr Zeit habe, hole ich euch ab und zurück in die Stadt – versprochen! Aber im Augenblick müssen wir da alle durch. Und es ist hier wirklich, wirklich toll – davon bin ich überzeugt.«

Lena schnaubte. Leere Versprechungen, schwache Argumente. Ihr Vater mochte behaupten, sie zu vermissen, aber in Wahrheit war er doch sicher froh, seine lästigen Kinder gleich los zu werden. Oder etwa nicht? Wenn er sie wirklich mögen würde, hätte er sie doch wohl kaum auf diesem Internat im Nirgendwo angemeldet!

Krähenfels war ein Anblick, wie man ihn nur selten fand. Das Internat befand sich in einer einigermaßen renovierten Burgruine. Es lag mitten im Eifler Wald, umgeben von riesigen Bäumen und Büschen, eine gefühlte Ewigkeit von der nächsten Ortschaft entfernt. Das Haupthaus war ein länglicher Klotz mit vier Etagen. Dazu kamen mehrere kleine Nebenhäuser, die halb verfallen wirkten, und eine Burgmauer, über die der Wald wucherte. Lena sah zum Haupthaus: altes Mauerwerk, an dem Efeu wuchs, und ein Dach aus uralt wirkenden Schieferschindeln voller Moos. Nichts schien sich hinter den dunklen Fenstern zu bewegen. Auch die schwere Tür, zu der die drei Stufen der steinernen Eingangstreppe führten, blieb geschlossen, obwohl das Auto der Schäfers nun schon seit fünf Minuten vor der Treppe stand.

Lena fuhr ihr Fenster herunter – woraufhin Elias gleich noch mal nieste –, lauschte den Klängen des Waldes und roch die frische Luft. Sie war ein Stadtkind und mochte die Natur; trotzdem kam ihr diese Stille beinahe gespenstisch vor. »Ich glaube, wir haben uns schon wieder verfahren. Hier kann doch unmöglich jemand wohnen. Und waren wir nicht schon vor einer halben Stunde in dieser Gegend?«

Im selben Moment öffnete sich quietschend der Kofferraum des Wagens.

»Wor et daat alt?«, fragte eine krächzende Stimme.

Lena und Elias wirbelten herum. Ein Mann war hinter das Auto getreten, ohne dass ihn jemand bemerkt hatte. Nun hievte er ihr Gepäck auf den mit allerhand herabgefallenen Blättern bedeckten Boden der Internatseinfahrt.

»Eisch kaan et esch direkt up de Zemmer brengen, wenn dir daat wullt«, sagte die Stimme wieder. Erst dann trat die dazugehörige Gestalt hinter dem Kofferraumdach hervor und an Papas Fahrertür. Der Mann war kaum größer als Lena und hatte einen Kopf wie eine Billardkugel – rund und glatt und ohne ein einziges Haar, sah man mal von den extrem buschigen Augenbrauen ab. Seine picklige Nase war rund wie eine Murmel, seine Ohren waren spitz wie die von Elfen. Was ihm an Größe fehlte, machte er durch Muskeln wett – die Arme in dem grauen Hemd waren dick wie kleine Elefantenbeine. Er trug eine abgewetzte blaue Latzhose und dreckige Stiefel. »Sull eisch?«

Sull eisch?, wiederholte Lena in Gedanken. Sie und Elias starrten das Männlein staunend an. War das etwa eine Sprache? Redete man hier im Nirgendwo so? Und falls ja: Was sollte das bedeuten?

Papa hatte sich deutlich schneller im Griff. »Sehr gern können Sie die Koffer schon auf die Zimmer bringen«, sagte

er, stieg aus und reichte dem Fremden die Hand. »Danke für das Angebot. Das ist nett von Ihnen, Herr …«

»Grmpf«, knurrte das Männlein, als wäre damit alles gesagt. Es nickte freundlich, ließ Papas Hand Hand sein und nahm sich die Koffer.

Da öffnete sich die Eingangstür des Haupthauses. »Aber, aber! Wo bleiben deine Manieren? Reich dem netten Herrn Schäfer gefälligst die Hand, ja?«

Der Mann auf der Schwelle des Internats war sehr groß. Und sehr schmal. Er trug allen Ernstes einen Tropenanzug, der maßgeschneidert sein musste, und hatte ein Monokel im Gesicht. Seine Miene war freundlich, sein Blick wach, und sein Schnurrbart war gezwirbelt wie der von piekfeinen Leuten auf uralten Fotos.

Allerdings war nicht er der Grund, warum Lena plötzlich die Stirn runzelte. Sondern die Tür.

War der Eingang zur Schule nicht eben noch zwei Meter weiter rechts?, dachte sie. *Gleich vor Papas Fenster?* Aber das konnte ja wohl nicht sein. Türen wanderten nicht zur Seite, wenn mal niemand hinschaute.

Das kleine Männlein drückte Papas Hand so fest, dass dieser das Gesicht verzog. Dann verschwand es, die Koffer der Zwillinge unter den starken Armen, im Internat.

Papa sah fragend zu dem Mann im Tropenanzug. »Sind Sie etwa …?«

»Professor Doktor Doktor Hilarius von Schlotterfest, ganz genau«, sagte der und kam näher. »Ich bin der Direktor dieser feinen Schule hier. Wir hatten telefoniert, nicht wahr?«

Das sollte ein Direktor sein? Dieser schmächtige Lulatsch im Urwaldkostüm, der sicher schon mindestens sechzig Jahre alt war und aussah, als könne der kleinste Windstoß ihn wegpusten, leitete ein Internat? Und dieser Haufen alter Mauern *war* tatsächlich eines?

Papa schüttelte die Hand des Doktors. Von Schlotterfest sah lächelnd zu Lena und Elias, die noch immer stumm glotzend auf dem Rücksitz ausharrten. »Ihr beide müsst unsere neuen Schüler sein. Freut mich, freut mich.«

Aus den Augenwinkeln sah Lena, wie Elias langsam den Kopf schüttelte – immer wieder.

Papa öffnete trotzdem die Tür.

»Willkommen in Krähenfels«, sagte von Schlotterfest und breitete die Arme aus. »Willkommen in der Eifel. Ihr werdet hier viel Spaß haben, da bin ich mir sicher.«

»Spaß?«, wisperte Lena. »Mit wem denn? Hier ist doch niemand.«

Der Doktor hörte sie trotzdem. »Nicht hier draußen, junge Dame. Das stimmt. Aber nur, weil die anderen schon im Unterricht sitzen.«

Papa lächelte entschuldigend. »Ich fürchte, wir haben uns auf dem Weg ein paar Mal verfahren …«

»Natürlich haben Sie das.« Von Schlotterfest winkte ab, als wäre das völlig normal. »Niemand findet Krähenfels im ersten Anlauf. Nein, unser Haus muss erst *wollen*, dass man es findet.«

Elias machte wieder große Augen. Staunend sah er Lena an. *Wollen?*, sagte er lautlos.

Die Elfjährige schüttelte den Kopf. Eine Schule, die nicht gesehen werden wollte? Was für ein Unfug! Das konnte auch nur Elias, die kleine Hohlbirne, glauben.

»Na, wunderbar.« Papa lachte und klatschte in die Hände. »Habt ihr gehört, Leute? Der Unterricht hat schon angefangen. Warum geht ihr nicht einfach rein und seht euch um, während Doktor von Schlotterfest und ich die Formalitäten klären?«

Da rein? Lena betrachtete das Haupthaus so skeptisch, als wolle es sie beißen. »Müssen wir wirkl…«, begann sie.

Doch von Schlotterfest war schneller. »Wir haben auch ein Computerzimmer«, sagte er wissend und lächelte Elias zu.

Der war sofort Feuer und Flamme. »Echt?«

Von Schlotterfest nickte verschwörerisch. »Echt. Das Neueste vom Neuen. Du findest es im ersten Stock. Und eure neue Klasse hat dort auch gerade Unterricht. Geh einfach hinein, wenn du magst.«

Lenas Bruder brauchte keine zweite Einladung. Plötzlich war sein Heimweh wie weggeblasen. »Darf ich, Papa?«, fragte er.

Der nickte. »Lauf los, Kleiner.«

Normalerweise hasste Elias es, wenn man ihn so nannte. Jetzt aber war er fast schneller aus dem Auto und die Stufen hinauf, als Lena gucken konnte. Im Nu war er im Haus verschwunden.

Ungläubig sah das Mädchen zu dem eigenartigen Direktor. »*Hier* soll es toll sein, ja?«, fragte sie und klang dabei sehr, sehr skeptisch.

Papa fuhr sich mit der Hand durch das kurze braune Haar. Er seufzte. »Sie müssen Lena entschuldigen, Herr von Schlotterfest. Ich fürchte, meine Tochter lässt sich nicht so leicht begeistern. Erst recht nicht mit Computern.«

Von Schlotterfest schmunzelte. Langsam trat er vor Lenas Fenster und beugte sich zu ihr hinunter. Lena sah das Dach des Autos in seinem albernen Monokel gespiegelt und fragte sich, wie alt dieser Mann sein mochte. Er wirkte uralt, doch sein Schmunzeln war das eines frechen kleinen Bengels. »Natürlich nicht«, sagte er sanft. »Du bist keine Stubenhockerin, oder? Du bist lieber an der frischen Luft, nicht wie dein Bruder.« Sein Schmunzeln wurde freundlicher. Er breitete die Arme aus, und ein begeistertes Funkeln trat in seine Augen. »Nun, dann bist du hier goldrichtig, Lena. Sieh dich um: Die Eifel ist Natur pur. Frische Luft und Abenteuer, wohin du auch schaust.«

Lena schnaubte leise. Abenteuer? Von wegen! Hier gab es doch nur Bäume und Sträucher. Schmale Buckelstraßen durchs Nichts, auf denen man sich verfahren konnte. Winzige Dörfer, in denen sich Fuchs und Hase Gute Nacht sagten, falls sie überhaupt je dorthin fanden. Eigenartige Einheimische mit eigenartigem Dialekt. Abenteuer sahen anders aus!

»Ach, wirklich?« Von Schlotterfest zwinkerte ihr verschwörerisch zu. »Dann hast du aber noch nicht genau genug hingesehen. Nur zu, Lena. Konzentriere dich.«

Sie runzelte die Stirn. Das hatte ja fast geklungen, als läse er ihre Gedanken! Was natürlich völliger Unsinn war. Niemand konnte Gedanken lesen.

Dennoch hörte sie auf von Schlotterfests Rat. Sie kniff die Augenlider enger zusammen, wandte den Kopf ein wenig nach links und sah aus dem Heckfenster des Autos. Der Wald, der das Internat umgab, wirkte so uninteressant wie eh und je. Lenas Blick wanderte über hohe Buchen, zwischen deren mit Laub bedeckten Ästen das Licht der Sonne funkelte. Sie sah dicke Eichen mit dunkler Rinde, von deren Stamm buschige Bartflechte herabhing. Da waren breite Sträucher, in denen der Wind leise raschelte, und Felsen, die Lena locker bis zu den Ellbogen gingen. Auf dem Waldboden wuchsen kleine Buschwindröschen und Bingelkraut, in den Wipfeln der Bäume nisteten Vögel. Ein schönes Bild, das ja. Aber ein Abenteuer? Ganz und gar nicht.

Lena wollte ihrer mangelnden Begeisterung gerade Luft machen, da bemerkte sie aus dem Augenwinkel eine

Bewegung, die sie stutzen ließ. Irrte sie sich – und sie musste sich irren, oder? Alles andere war doch völlig unmöglich! –, oder war die bucklige Landstraße, die zum Internat führte, soeben drei Meter nach links gewandert?

Völlig verblüfft sah Lena zu von Schlotterfest. Der Direktor zwinkerte ihr abermals zu und lächelte wissend. »Verstehst du, was ich meine?«, fragte er freundlich und in leisem Verschwörertonfall.

Nein, dachte Lena. Sie verstand plötzlich gar nichts mehr. Aber es faszinierte sie trotzdem.

»Willkommen auf Krähenfels«, sagte der rätselhafte Direktor. Er trat einen Schritt zur Seite und öffnete Lena die Autotür – eine stumme Aufforderung.

Und Lena stieg aus.

Zwei Stunden später hielt sie sich für verrückt. Wo sie auch hinschaute, spielte ihr ihre Fantasie einen Streich. Oder war dieses eigenartige Internat etwa wirklich von innen größer als von außen?

Die Fenster im Korridor vor dem Computerzimmer schienen zu verschwinden, wenn Lena mal nicht richtig aufpasste. Als wollten sie sie ärgern. Und wuchsen der Treppe, die von den Klassen- zu den Schlafzimmern der Schüler führte, etwa *tatsächlich* zusätzliche Stufen, wenn Lena auf sie trat – sodass sie prompt stolpern musste? Hatte das Schlüsselloch ihrer Zimmertür etwa *tatsächlich* mit ihr Katz und Maus gespielt, bis sie endlich den Schlüssel reinschieben konnte?

Natürlich nicht. Schlüssellöcher wichen nicht aus, wenn man sie benutzte. Und Treppen wollten auch niemandem einen Streich spielen. Das konnten die doch gar nicht. Treppen waren Treppen, verdammt. Oder?

»Na, hast du dich schon ein bisschen eingelebt?«

Lena sah von dem Koffer auf, den sie gerade auspackte, und zur offenen Zimmertür. Papa stand auf der Schwelle, ein breites Lächeln im Gesicht. Er wirkte erleichtert.

»Ist wirklich schön hier, nicht wahr?«, sagte er. »Die Annonce in unserer Zeitung hat nicht gelogen. Die ganze Natur, die alten Mauern, dieser unglaubliche Direktor … Echt eine tolle Schule!«

»Mhm«, brummte Lena.

Schweigend wandte sie ihm wieder den Rücken zu. Sie nahm ihre Socken aus dem Koffer und verstaute sie ebenfalls in dem Schrank neben dem Hochbett. Das Zimmer, in dem sie von jetzt an wohnen sollte, war größer als ihr altes, aber dafür auch für zwei Personen gedacht. Das merkte man an dem Bett, an den zwei spindähnlichen Schränken, an den zwei Schreibtischen und den zwei Stühlen. Die Wände waren weiß wie in einer Arztpraxis, der Boden so mausgrau wie der im Computersaal. Vom Fenster aus konnte man den Burghof sehen, und dahinter den Wald. Aber Wald sah man hier vermutlich sowieso überall.

»Und die Lehrer erst«, fuhr Papa fort. Er klang sehr begeistert. Fast schon *zu* sehr. Fast, als wolle er Lena unbedingt mit seiner Begeisterung anstecken. »Hast du die schon alle gesehen? Sieben Stück sind es, glaube ich. Und allesamt echt schrille Gestalten.« Er lachte.

»Mhm«, brummte Lena. Auf die Socken folgten die T-Shirts.

»Elias hat eben seinen Mitbewohner kennengelernt«, sagte Papa und schloss die Tür hinter sich. »Er heißt Phillip. Noch so ein Computernerd. Die beiden wirken jetzt schon, als würden sie sich seit Jahren kennen. Ich glaube, dein Bruder fühlt sich hier richtig wohl.«

Diesmal blieb Lena stumm. Manche Einladungen waren zu offensichtlich. Und manche Papas zu schwer von Begriff.

Sie wollte gerade ihre Lieblingsjeans aus dem Koffer nehmen, um auch sie in den Schrank zu legen, da war er plötzlich neben ihr. Papa nahm die Hose, faltete sie neu und verstaute sie selbst. Dann legte er Lena eine Hand auf den Kopf.

»Ach, Große«, seufzte er. »Wenn ich's ändern könnte, würde ich es ändern. Das musst du mir glauben. Aber es geht momentan nicht. Und Krähenfels *ist* ein toller Ort – weit toller, als du denkst. Gib uns doch eine Chance, okay?«

»*Uns?*«, platzte es aus ihr heraus. Mit einem Mal war sie zu schwach zum Schweigen, zu schwach für Sturheit und Trotz.

»Das ist gut: uns. Wer muss denn hier im Nirgendwo bleiben, hm? Du ja wohl nicht. Du fährst zurück nach Hause. Hier gibt es kein Uns mehr, Papa! Hier gibt es nur noch dich, der lästiges Gepäck ablädt.«

Er zuckte zusammen, als hätte sie ihn geschlagen. Dann setzte er sich auf die untere Matratze des Hochbetts. Er war blass geworden und seine krampfhafte Begeisterung verschwunden.

Ein paar Sekunden lang sagte niemand etwas.

Lena spürte Tränen in sich aufsteigen, schämte sich sogar für ihre wütenden Worte. Aber sie konnte, nein, wollte sie nicht zurücknehmen. Genauso wenig, wie sie vor Papa weinen wollte.

»Ihr seid kein Gepäck«, sagte er schließlich, ganz langsam und ganz leise. So leise hatte er seit dem Unfall nicht geklungen. »Und ihr seid auch nicht lästig, Lena. Im Gegenteil.« Er schluckte hörbar. Als er den Blick hob, merkte sie, dass er es war, der weinte. »Verstehst du das nicht?«

Lena bekam Angst. Sie wusste nicht, was sie erwidern, was sie tun sollte. Sie wusste nur, dass sie einen Fehler gemacht hatte. Und es tat ihr leid. »Papa«, hörte sie sich hauchen.

Er breitete die Arme aus, nahm sie an den Schultern und drückte sie an sich. Einfach so. Sie roch seinen Duft, spürte seine Wärme. Und sie spürte seinen Schmerz.

»Ich kann mich nicht allein um euch kümmern«, raunte er, dicht an ihrem Ohr. »Noch nicht. Mein Job erlaubt es mir nicht. Und da wir uns die große Wohnung ohne Mama nicht mehr leisten können, ist auch der Platz ein echtes Problem geworden.«

Wir brauchen keine große Wohnung, dachte Lena. Aber sie wusste, dass das kein Argument mehr war. Nicht für Papa, und auch sonst nicht. Darum ging es nicht.

»Aber ich ändere das alles«, fuhr er fort. »Hörst du? Das habe ich euch nicht einfach so versprochen. Das meine ich ernst.«

Er ließ sie los, hielt sie auf Armeslänge vor sich, und sah sie an. Er lächelte, obwohl seine Stimme zitterte. »Lena, ich will euch nicht loswerden. Ich will, dass wir zusammen sind. Wir drei. Aber damit wir das sein können, muss ich einige Dinge ändern. Dinge, die leider ein wenig Zeit brauchen. Und bis es soweit ist …« Seine Hand strich ihr durchs Haar und verwuschelte ihre Frisur. »Bis es soweit ist, sei weiterhin meine starke Große und gib uns eine Chance. Gib *Krähenfels* eine Chance. Von mir aus auch nur eine klitzekleine. Einverstanden?«

Sie schluckte. Dann nickte sie. »Einverstanden«, sagte sie, aber es klang wie ein heiseres Krächzen. Papas Worte und die Erinnerungen, die mit ihnen einhergingen, hatten ihr die Stimme geraubt. »Aber nur eine klitzekleine.« Sie schmunzelte leicht.

Dankbar gab Papa ihr einen Kuss auf die Stirn.

Im selben Moment flog die Tür mit lautem Poltern auf. Elias stand auf der Schwelle. »Kann das sein, dass die klemmt?«, fragte er staunend. Dabei keuchte er so schwer, als habe er seit Minuten versucht, sie zu öffnen.

Lena löste sich von Papa, straffte die Schultern und trat zu Elias. »Die klemmt nicht, die lässt nur keine Nervensägen durch. Das ist eine Tür mit Geschmack, weißt du?«

»Ha ha«, brummte er. Hinter ihm konnte Lena viele Kinder durch den Flur in Richtung Treppenhaus laufen sehen. Sie lachten und scherzten miteinander. »Jedenfalls hat Phillip gesagt, wir sollen Essen kommen. Die Schulmensa ist oben unter dem Dach.« Seine Miene wurde wieder ein Spiegel absoluter Freude. »Heute gibt's Pizza!«

~

Kapitel 2

Ein Teufel legt sich schlafen

Was Worte nicht vermochten, gelang der Pizza halbwegs mühelos: Keine zwanzig Minuten, nachdem Elias und Lena am langen Tisch in der Schulmensa Platz genommen hatten, verschwendeten sie kaum noch einen Gedanken an ihren Papa. Es nutzte ja auch nichts; Elias wusste das. Sie hatten sich auf dem Hof voneinander verabschiedet, er war heimgefahren und sie ... Sie waren jetzt eben *hier* daheim, zumindest für den Moment.

Und in einem hatte Papa recht: Krähenfels war ein ganz besonderer Ort.

»Lecker, oder?« Schmatzend sah Elias zu seiner Schwester, die links neben ihm saß und sich kritisch umsah. »Echt die beste Pizza, die ich je gegessen habe.«

Das war nicht übertrieben. Lena wirkte trotzdem nicht beeindruckt. Gedankenverloren kaute sie auf ihrem Stück herum, das mit Salami und Champignons belegt war.

»He.« Elias stieß ihr den Ellbogen in die Seite. »Erde an Lärma. Niemand zu Hause?«

Das genügte. Der verhasste Spitzname riss Lena aus ihren Grübeleien. »Hab ich dir nicht hundertmal gesagt«, knurrte sie, »was mit dir passiert, wenn du mich noch einmal Lärma nennst?«

Es war das alte Spiel. Obwohl Elias und Lena einander jeden Tag sahen – oder vielleicht genau deswegen –, kamen sie kaum miteinander aus. Keine Stunde verging, ohne dass sich die Zwillinge über irgendetwas stritten. Elias hätte es ihr gegenüber nie zugegeben, aber insgeheim machten ihm die Streitereien sogar Spaß. Lena ging es vermutlich nicht anders. Das hatte etwas von Sport, fand er.

»Und hab ich dir nicht gesagt«, knurrte er zurück, aber lauter als sie, »dass ich dich so lange so nenne, wie du mich ständig anschreist?«

»Ich schreie dich nicht an!«, schrie Lena ihn mit wütender Miene an.

Dann mussten beide losprusten. Auch das gehörte zum Spiel, wenigstens manchmal.

»Du bist trotzdem ein Idiot«, sagte Lena und biss in ihr Pizzaviertel.

Elias nickte. »Aber du bist hässlich. Und ich kann immer noch klug werden.«

»Du?« Selbst mit vollem Mund klang Lena noch spöttisch. »Niemals. Dafür bist du viel zu dumm.«

»Lieber dumm als stinkefeige«, erwiderte er.

»Stinkewas?« Lena hob ungläubig eine Augenbraue. »Ist das überhaupt ein Wort?«

Elias zuckte mit den Schultern. »Als ob du das wüsstest.«

»Du kannst nicht einfach neue Schimpfworte erfinden, du Hohlbirne. Das ist gegen die Spielregeln.«

»*Wir* haben Regeln?«

»Na, auf jeden Fall habt ihr einen Knall«, erklang plötzlich eine Stimme rechts von Elias. »Alle beide.«

Entschuldigend wandte sich Elias seinem anderen Sitznachbarn zu. Phillip, sein Zimmergenosse, betrachtete die Zwillinge mit einer Mischung aus Humor und Fassungslosigkeit. Er war ein halbes Jahr jünger als sie, hatte kastanienbraunes Haar und ein Gesicht voller Sommersprossen. Außerdem liebte er Computer mindestens so sehr wie Elias.

»Hör nicht auf Lärma«, sagte der. »Der darf man keine Beachtung schenken, sonst lärmt die immer weiter.«

»Die schmiert dir gleich eine, Hohlbirne«, knurrte Lena, doch Elias sah sie aus den Augenwinkeln dabei grinsen.

Phillip wechselte das Thema. »Habt ihr euch schon eingelebt? Die Mensa ist einer der schönsten Säle von ganz Krähenfels.«

»Das kannst du laut sagen.«

Einmal mehr ließ Elias seinen Blick durch den Raum schweifen. Der Speisesaal des Internats war groß und beeindruckend voll. Letzteres lag gar nicht so sehr an den etwa hundert Kindern, die an langen Tischen saßen, dampfende Pizzateller vor sich. Auch nicht an den sieben Erwachsenen, die ihren eigenen Tisch hatten und eine höchst erstaunliche Versammlung waren, wie Elias fand. Nein, vor allem lag es an dem Krempel – kein anderes Wort traf es besser –, der hier überall herumstand, herumlag und herumhing.

Elias sah ausgestopfte Raubtiere in den Zimmerecken – hier einen lebensgroßen Grizzlybär, dort einen Riesenalligator. Blank polierte Ritterrüstungen standen zwischen den Fenstern. Gekreuzte Säbel aus Asien hingen an der hinteren Wand, umrahmt von Cowboyhüten und Filmplakaten von uralten Schwarzweißfilmen; gut vier Dutzend gerahmte Fotografien hingen an einer anderen. Kostbare arabische Teppiche lagen auf den Bodendielen. Kreisrunde Leuchter, die direkt aus Walhalla stammen könnten, hingen von der spitz zulaufenden Decke. Da stand ein hölzerner Globus von der Breite eines Medizinballs, dort ein uralt wirkendes Großwildjagdgewehr in einer verschlossenen Glasvitrine. Es war eine beeindruckende Sammlung. Und kein Teil darin passte zum anderen.

»Hat von Schlotterfest den ganzen Kram zusammengetragen?«, fragte Elias. Er kannte den seltsamen Schulleiter noch nicht lange, aber dieser Krempel schien zu ihm zu passen. »Auf seinen Reisen oder so?«

Phillip nickte. »Hat er. Die Sachen sind sein ganzer Stolz. Unser Direktor war schon auf der ganzen Welt, sagt er. Und … Na ja. Und anderswo. *Sagt* er.«

Nun hob Elias verwundert eine Braue. »Anderswo als auf der Welt?«

Sein Sitznachbar winkte ab. »Sagt er. Aber der redet viel, wenn der Tag lang ist. Glaub nicht alles, was du hörst.«

»Außer die Sachen, die die Wahrheit sind, versteht sich«, erklang Direktor von Schlotterfests Stimme im Rücken der Freunde. »Die solltest du mir *unbedingt* glauben. Schließlich sind wir hier auf einer Schule, und da sollst du etwas lernen, Elias.«

»Eine eigenartige Schule ist das«, murmelte Lena so leise, dass Elias schon glaubte, nur er könne sie hören.

Doch von Schlotterfest sah zu ihr. »Eigenartig? Oh ja, ganz unbedingt.« Er lächelte zufrieden. »Bemerkenswert, würde ich sogar sagen. Ein*zig*artig!«

Lena nickte in Richtung der sechs Erwachsenen, die noch am Lehrertisch saßen. »Der Begriff passt auch auf Ihre Kollegen.«

Das musste auch Elias zugeben. Diese Leute sahen ganz anders aus als alle Lehrer, die er bisher erlebt hatte. Schräger. Herr Butterball hatte eine Mönchsglatze und guckte ständig verträumt ins Leere. Herr Geiergift schien immer schlechte Laune zu haben. Herr Grmpf, oder wie immer er hieß – der kleine Mann, der ihre Koffer getragen hatte –, aß in einem Tempo, bei dem man kaum zuschauen konnte. Und Frau Schipanelli, die Computerlehrerin mit dem pechschwarzen alten Kleid und dem strengen Blick, machte Elias sogar ein wenig Angst. Was er Lena gegenüber natürlich nie zugeben würde.

»Ganz recht«, antwortete von Schlotterfest. Er klang stolz. »Allesamt hervorragende Lehrer, einer wie der andere. Wir können uns wirklich glücklich schätzen, sie bei uns zu haben.« Wieder zwinkerte er schelmisch. »Genau wie euch. Glaubt mir, die Eifel wird euch gefallen.«

Phillip nickte kräftig und biss in seine Pizza. Elias tat es ihm gleich. Einzig Lena wirkte nicht überzeugt.

Wenige Stunden später, eine finstere Eifler Nacht war über dem Internat hereingebrochen, schienen sich Lenas Zweifel zu bestätigen. Die Elfjährige lag schlaflos im Hochbett ihres Zimmers und starrte Löcher in die Luft. Sie war allein, ihre Mitbewohnerin war nie aufgetaucht, und sie fühlte sich der Stadt, Papa und allem, was sie kannte und mochte, ferner als je zuvor. Schweigend lauschte sie in den nur von fahlem

Mondlicht erhellten Raum und auf die wenigen Geräusche, die das stille Haus um diese Zeit noch machte. Sie hörte Holz knacken, den Wind um die alten Mauern pfeifen, sogar manchmal das Rascheln der Blätter in den Baumwipfeln vor ihrem Fenster.

Und dann hörte sie jemanden niesen. Direkt neben sich!

Erschrocken riss Lena die Augen auf, setzte sich im Bett auf. Mit einem Mal schlug ihr Herz ganz schnell. Hatte sie etwa geträumt? Hier war doch niemand. Wer sollte denn da ein Geräusch machen?

Du spinnst, Lärma, sagte sie sich und versuchte, ihren Puls wieder zu beruhigen. *Du hörst Gespenster. Diese eigenartige Schule hat dir doch schon den ganzen Tag lang Flausen in den Kopf gesetzt.*

So musste es sein. Alles andere wäre Unfug. Leere Zimmer konnten nicht niesen. Seufzend ließ Lena sich wieder auf die Kissen sinken und schloss die Augen.

Das leere Zimmer nieste erneut.

»Ha!« Erschrocken schoss Lena in die Höhe. Mit der rechten Hand tastete sie nach dem Lichtschalter, die linke ballte sie zur Faust.

Die kleine Lampe an der Zimmerdecke ging an, keine Armeslänge von Lena entfernt. Lena blinzelte, kniff die Lider enger zusammen und sah … nichts. Keinen Eindringling, sondern nur die Stühle, Tische und Schränke,

MY LITTLE UNICORN

die sie schon kannte. Weiße Wände, mausgrauer Fußboden. Nichts rührte sich.

Trotzdem hatte sie ein sehr, sehr mulmiges Gefühl. So fühlte es sich an, wenn man beobachtet wurde!

Lenas Nackenhaare stellten sich auf. Ihr Herz schlug wie verrückt, und hinter ihrer Stirn trafen sich alle Gruselgeschichten, die sie je gehört hatte, zu einer spontanen Nachtwanderung.

»H…« Sie schluckte trocken und versuchte sich noch mal an dem plötzlich unfassbar schwierigen Wort. »H…allo?«

Stille. Nichts passierte. Lena schlug die Decke zurück, lauschte in die Nacht.

Und die Nacht wiederholte die Frage. »Hallo?«

Die Stimme der Nacht war tief und rau, knurrig und mürrisch, klang alt und gefährlich. Und sie erklang direkt unter Lena. Im unteren der beiden Betten. Dem, das eigentlich leer sein sollte.

Zögernd und deutlich ängstlicher, als sie sich eingestehen wollte, sah Lena über die Bettkante nach unten. Und fand ein Monster auf der Matratze liegen!

Es war etwa so groß wie ein kleiner Felsen – und auch so rund. Sein komplett haarloser Leib schien aus dunkler, getrockneter Lava zu bestehen; die Haut hatte kleine Risse, in denen es feurig leuchtete. Auch sein mit Zähnen aus Stein bewehrter Mund war ein breiter Riss und zu einem hämisch wirkenden Grinsen verzogen. Und in seinen kreisförmigen Glubschaugen funkelte es böse. »Hallo?«, äffte es Lena erneut nach, und das Grinsen wurde noch breiter.

Lena ließ alle Scheu fahren. Mit einem ebenso lauten wie verzweifelten Schrei sprang die Elfjährige mit dem zu großen Schlafanzug vom Hochbett hinunter auf den mausgrauen Boden. Drei Schritte, und sie riss die Tür auf. Noch drei Schritte, und sie rannte panisch über den Flur.

Die Angst lenkte ihre Beine. Lena sah gar nicht, wohin sie lief. Es war ihr auch egal – Hauptsache weg! Weg von dem Ungeheuer in dem Zimmer, das sie nie, nie, nie wieder betreten wollte. Weg aus diesem unheimlichen Internat mit seinen Geisterbahn-Lehrern. Weg von diesem seltsamen Ort im Nichts, der allen Gesetzen der Logik widersprach. Weg aus der Eifel. Lena rannte und rannte und rannte.

Im Treppenhaus prallte sie gegen eine Wand.

Die Wand keuchte laut auf, stolperte zwei Schritte zurück und hielt sich die Hände vor den Bauch. Sie hieß Direktor von Schlotterfest, und der sah die durch den Aufprall zu Boden geplumpste, barfüßige Lena überrascht an. »Äh«, sagte er und blinzelte verwirrt. »Hast du … dir wehgetan?«

Die Frage war an Sinnlosigkeit kaum zu überbieten. Wen kümmerten denn bitteschön Schmerzen? Wer scherte sich darum, ob ihm der Popo wehtat – was bei der unsanft auf den Stufen gelandeten Lena der Fall war –, wenn doch Ungeheuer hinter ihm her waren?

»Ein Monster!«, keuchte das Mädchen warnend und stemmte sich wieder in die Höhe. »Herr Direktor, da ist ein Monster hinter mir!«

Von Schlotterfest hob entsetzt den Blick. Hatte er eben noch verwirrt gewirkt, war er mit einem Mal ganz ernst und bei der Sache. »Wo?«, fragte er mit fester Stimme. Seine Hand wanderte in die Tasche seiner Safarihose, als hätte er da drin eine Waffe gegen Ungeheuer aller Art.

Lena blickte hinter sich, sah aber nur den leeren Flur. »In dem freien Bett bei mir im Zimmer«, antwortete sie und staunte ein bisschen, wie bescheuert das doch klang.

Das fand wohl auch von Schlotterfest. Der Direktor runzelte die Stirn. »Ein Monster in einem Bett?«, murmelte er nachdenklich. »Das wäre höchst ungewöhnlich. Aber gut.« Er klatschte in die Hände. »Bleib dicht hinter mir, Lena, verstanden? Egal, was passiert.«

Sie nickte stumm. Schweigend gingen sie zurück zu Lenas Zimmer. Die Tür stand noch immer offen, und das Licht der kleinen Deckenlampe wies ihnen den Weg. Von Schlotterfest hatte wieder die Hand in der Hosentasche. Er schien das, was immer er darin mit sich trug, aber nicht herausholen zu wollen. *Noch* nicht.

Ein paar Meter vor dem Zimmer blieb er stehen, schnupperte kurz und seufzte dann. »Ach so.« Er lachte leise, und mit einem Mal entspannte er sich. Die Schwere wich aus seinen Zügen, und als er sich wieder an Lena wandte, wirkte er geradezu entschuldigend. »Das wollte ich nicht, wirklich nicht. Er ist nur manchmal … Nun ja, ich fürchte, er hat seinen eigenen Kopf.«

Er? Lena verstand nur noch Bahnhof. Kannte der Direktor dieses Ungeheuer etwa?

Von Schlotterfest trat in den Türrahmen. Das untere Bett war leer. Und doch …

»Was ist denn das für ein Gestank?«, ächzte Lena und hielt sich die Nase zu. Puh, das war übel. Das ganze Zimmer roch plötzlich, als wäre ein Hühnerstall voll fauler Eier in ihm eingezogen.

Von Schlotterfest ging seufzend zum Fenster und riss es auf. »Daran ist er schuld. Ich sagte ja, er hat seinen eigenen Kopf. Und ich glaube, Lena, er wollte dich ein bisschen ärgern.«

Nun war sie diejenige, die die Stirn runzelte. Sorgenvoll ließ sie den Blick durch das stinkende Zimmer wandern. »Er? Herr Direktor, von wem reden Sie? Hier ist doch niema…«

Der Rest des Wortes blieb ihr im Hals stecken. Ebenso der Schrei, der dem Wort folgen wollte, als das unsichtbare Monster auf dem Bett wieder sichtbar wurde. Es hatte den kahlen Kopf auf die dünnen Ärmchen gestützt und sah Lena grinsend an. Dann rülpste es laut – und ein neuer Schwall Faule-Eier-Gestank wehte ihr entgegen.

»Lena Schäfer«, sagte der Leiter von Burg Krähenfels irgendwo außerhalb von Lenas Blickfeld, »darf ich dir meinen Freund Pikrit vorstellen? Meinen leider sehr, sehr ungezogenen Freund, muss ich dazu sagen. Denn normalerweise hat er bei Schülern nichts zu suchen. Also ehrlich, Pik, was denkst du dir dabei, das arme Mädchen so zu erschrecken!«

Pik… *was?*

Fassungslos schaute Lena von dem kleinen Ungeheuer auf dem Bett zu dem vermutlich Wahnsinnigen mit dem gezwirbelten Schnurrbart und zurück. Dann wurde sie ohnmächtig.

Aber nur ganz kurz, denn als sie die Augen wieder öffnete, lag sie zwar auf dem mausgrauen Boden, und von Schlotterfest kniete neben ihr, aber das grinsende Ungeheuer hatte sich noch keinen Millimeter bewegt.

»Lena«, murmelte der Direktor entschuldigend. Er wirkte hilflos und ein wenig beschämt. »Oh je, oh je.«

»Alles in Ordnung«, erwiderte sie und hoffte, dass es stimmte. Dann setzte sie sich auf. Obwohl ihr noch immer etwas schwindelig war, wagte sie es nicht, den Blick von Pikrit zu nehmen, diesem seltsamen Haufen lebender Vulkanlava auf ihrem Hochbett. »Erklären Sie's mir noch mal, bitte. *Was* ist das?«

»Wer«, korrigierte der Haufen mit seiner tiefen Ofenrohrstimme.

Von Schlotterfest kicherte leise. »Ja, da ist er ziemlich eigen. Pikrit mag dir seltsam erscheinen, aber er ist ganz unbedingt ein Wer und kein Was. Ich fand ihn auf einer meiner Reisen, weißt du? Ganz hier in der Nähe.«

Lena glotzte ihn an.

Nun musste der Direktor lachen. »Doch, wirklich. Pikrit ist genauso einheimisch wie die Bäume vor deinem Fenster. Durch und durch Eifel. Das hier ist eine vulkanreiche Gegend, Lena. Und eine, die reich an … na ja, an Geschichten und Legenden ist, die man anderswo vielleicht nicht so leicht findet. Erst recht nicht, wenn man nicht weiß, wie man nach ihnen sucht. Das macht die Eifel so besonders.«

Wieder musste sie daran denken, dass Krähenfels angeblich nur gefunden werden konnte, wenn es gefunden werden *wollte*.

»Pikrit ist ein Lavaat«, sagte von Schlotterfest. »Sozusagen ein Ureinwohner der Eifler Vulkane. Es gibt nicht mehr viele von seiner Sorte. Und du brauchst wirklich keine Angst vor ihm zu haben: Er ist nur ein Exemplar niedersten Ranges. Das heißt, er beherrscht längst nicht so viele Tricks wie höherrangige Lavaats.«

Lena spürte, dass die Information sie beruhigen sollte. Aber deswegen verstand sie sie noch lange nicht. »Ein La…?«

»Lavaat. Ein Vulkanteufelchen. Daher auch der schlimme Schwefelgeruch.«

Das sagte er tatsächlich – und so selbstverständlich, als wäre es völlig normal.

Ein Teufel? Lena zwickte sich in den Arm, doch sie träumte nicht. *In meinem Bett?*

Pikrit schwang die kurzen Beine über die Bettkante – wobei Lena kurz zusammenzuckte – und schaute den Direktor auffordernd an. Von Schlotterfest seufzte wieder. Dann stand er auf, trat zu dem kleinen Lavahaufen und zog die Hand aus der Hosentasche. »In Ordnung«, sagte er, »aber nur eins, okay? Du hast das wirklich nicht verdient, Pik.«

Das Teufelchen riss den Mund auf, und der Direktor warf ihm einen blank polierten weißen Kieselstein in den leicht feurig aufflackernden Rachen. Pikrit schmatzte laut und rieb sich die Stelle, die wohl sein Bauch war. Er wirkte, als fühle er sich pudelwohl.

Lena stand auf, ungläubig und mit noch ein wenig weichen Knien. »Sie kennen den?«, fragte sie vorsichtig.

»Kennen?« Der Direktor lachte wieder und tätschelte dem kleinen Teufelchen den kahlen Schädel. »Oh ja. Pik ist so etwas wie mein Haustier, weißt du? Die gute Seele unserer Schule. Er treibt nur leider gern Schabernack. Und die ereignisreichen Tage, die hinter uns liegen, gingen allem Anschein nach auch an ihm nicht spurlos vorbei. Ich fürchte, da schlägt er ein wenig über die Stränge.« Hastig zog er die Hand zurück, denn Pikrit schnappte gerade hungrig danach. »Pfui, Pik! Böser Pik!«

Der Lavahaufen riss wieder den Mund auf.

»Nein, ich hab's dir gesagt: Ungezogene Lavaats bekommen nur *ein* Leckerli, keine zwei.«

Leckerli. Lena schluckte. *In meinem Bett sitzt ein ungezogener Lavateufel, und mein Schuldirektor füttert ihn mit Kieselsteinen, die er Leckerli nennt.* Abermals wurde ihr schwindelig, doch sie hielt sich auf den Beinen. War Irrsinn eigentlich ansteckend?

Von Schlotterfest schenkte ihr ein Lächeln. »Nur keine Sorge. Pik ist vollkommen harmlos. Ein nettes Kerlchen, wirklich. Wenn man ihn erst besser kennt.«

Lena wollte gerade anfangen, die etwa zweieinhalb Millionen Fragen zu stellen, die ihr auf der Zunge lagen, als es an der noch immer offen stehenden Zimmertür klopfte.

Es war Frau Schipanelli, die stets streng wirkende Lehrerin mit dem schwarzen Kleid und den schwarzen Haaren. Sie hatte Sorgen, das sah Lena ihr an.

»Herr Professor?«, wandte sich Schipanelli direkt an von Schlotterfest. »Wir wären dann soweit. In …« Sie sah kurz zu Lena, als wolle sie vor ihr nicht mehr verraten als unbedingt nötig. »In der Bibliothek.«

»Was?« Von Schlotterfest blinzelte verwirrt. Was immer die Frau in Schwarz meinte, es schien ihm eben erst wieder einzufallen. »Oh, natürlich. Die Bibliothek.«

Mit einem Mal war der Direktor wie verwandelt. Alle Fröhlichkeit fiel von ihm ab; sein Lächeln verschwand. Das

Flackern des begeisterten Entdeckers, das eben noch in seinen Augen gebrannt hatte, erlosch so schnell, als hätte es nie existiert. Es kam Lena vor, als würde von Schlotterfests Gesicht plötzlich ganz grau und traurig.

Schipanelli trat zur Seite. »Kommen Sie?«, forderte sie ihn in einem Tonfall auf, der keinen Widerspruch erwartete.

Von Schlotterfest nickte stumm, nahm Pikrit an der kleinen Hand und verschwand mit dem Lavaat und der Frau in Schwarz aus dem Zimmer. Lena sah ihnen nach, bis sie im monddunklen Korridor in Richtung Treppenhaus abbogen.

Langsam trat sie ans Fenster. Sie schaute auf die Bäume, deren Äste im Wind tanzten. Sie beobachtete die Wolken am Sternenhimmel. Und sie dachte nach.

Sie dachte an Pikrit und die Kieselsteine.

An Schulen, die Kinder ärgern wollten.

An eine Region voller Sagen und Geschichten.

Und an einen Direktor, der auf einmal ganz traurig wirkte.

Dann fasste sie einen Entschluss.

Elias Schäfer hatte gerade den schönsten Traum seines gesamten Lebens. Er stand in einem riesengroßen Zimmer voller Bücher und Computer, und eine sanfte Frauenstimme sagte ihm wieder und wieder, dass er sich dort nach Herzenslust austoben dürfe, ohne auf die Uhr gucken zu müssen. Hier, so sagte die Stimme nämlich, würde ihn nie jemand wegen so etwas Unwichtigem wie Abendessen und Zähneputzen beim Lesen stören. Hier würde niemand von ihm erwarten, auch mal raus an die frische Luft zu gehen. Hier hätten große Schwestern Hausverbot und er endlich mal seine Ruhe.

Elias war überglücklich. Er wollte der Stimme gerade für ihre Güte danken und sie fragen, ob sie seine allerbeste Freundin von allen werden wollte … da nannte sie ihn Hohlbirne.

Elias stutzte. »Äh«, sagte er im plötzlich deutlich weniger schönen Traum. An den Rändern seines Sichtfelds lösten sich erste Bücher leise ploppend in Luft auf. »Wie bitte?«

Die Stimme wiederholte es merklich gern. »Hohlbirne. He, Hohlbirne, werd gefälligst wach.«

Blinzelnd öffnete Elias die Augen. Statt im riesengroßen Bücherzimmer fand er sich in seinem Bett in Krähenfels wieder, und die Stimme, die er *jetzt* hörte, war alles andere als gütig. Außerdem gehörte sie keiner allerbesten Freundin von allen, sondern Lärma. Was mehr als nur enttäuschend war.

Die lästige Schwester hockte vor Elias' Bett und rüttelte den Jungen an der Schulter. »Na endlich«, zischte sie leise. »Ich dachte schon, du Schlafmütze kehrst erst zu den Lebenden zurück, wenn man dir einen Laptop auf die Bettdecke setzt.«

Elias runzelte die Stirn. »Wie spät ist es?«, flüsterte er.

»Keine Ahnung.« Lena winkte ungeduldig ab. Sie sah zu Phillip, der im oberen der beiden Betten lag und friedlich schnarchte. »Spät. Ist aber auch unwichtig. Du musst aufstehen.«

»Warum?«, fragte Elias. Mit beiden Händen klammerte er sich an die Bettdecke. Sehnsüchtig wünschte er sich in den riesengroßen Raum zurück. »Gibt's schon Frühstück?«

Lena ließ seine Schulter los. Sie wirkte ernst. »Es gibt Neuigkeiten.« Mit wenigen Worten berichtete sie ihm, was sie in der letzten halben Stunde erlebt hatte.

Elias staunte nicht schlecht, als sie zum Ende kam. »Ein Teufel«, wiederholte er und sah sie ungläubig an. »In deinem Zimmer.« Irgendwie spürte er, dass er von ihnen beiden den weitaus besseren Traum gehabt hatte. »Und von Schlotterfest füttert ihn mit Steinen. Lärma, du fantasierst.«

»Tu ich nicht!«, zischte sie wütend. »Etwas sehr, sehr Seltsames geht hier vor sich. Und das kann ich dir beweisen. In der Bibliothek. Also: Weißt du Hohlbirne, wo die ist, oder nicht?«

Elias lächelte. Vielleicht war die Wirklichkeit doch nicht so viel schlechter als der Traum. »Du willst in die Schulbibliothek? *Du?* Lärma, Lärma, vielleicht wirst du ja doch noch die Schwester, die ich mir immer gewünscht habe …«

Kapitel 3
Nächtliche Besucher

Elias war erst seit einem halben Tag im Internat, aber den Weg zur Bibliothek kannte er so gut wie den Inhalt seiner Lieblingsbücher. Sie lag im größten der kleineren Nebengebäude, direkt gegenüber vom Haupteingang der alten Burg. Es war eingeschossig und breiter als Papas neue Stadtwohnung. Das kleine Haus hatte ein spitzes Dach aus alten Schieferplatten und Fenster, hinter denen trotz der nächtlichen Stunde goldfarbener Kerzenschein flackerte.

»Da sind tatsächlich Leute«, murmelte der Junge, als er und Lena aus dem Haupthaus des Internats hinaus auf den Burghof schlichen. Kleine Steinchen und kaltes Erdreich knirschten unter ihren blanken Füßen, und die Luft war frisch und kühl. Irgendwo rief eine Eule. »Siehst du? Da drin sind Schipanelli, der glückliche Mönch, der kleine Glatzkopf namens Grmpf …«

Lena nickte und sah sich nach unliebsamen Beobachtern um, die sie aber nirgends fand. Stattdessen stand ein kleines rotes Auto mitten auf dem Burghof. Es passte nicht so recht in die Kulisse, behielt seine Geheimnisse aber für sich.

Haben wir Besuch bekommen?, wunderte sich Elias. *Mitten in der Nacht?*

Neugierig näherten die Zwillinge sich dem Nebengebäude. Sie schlichen zu einem Fenster in der rechten Wand des Häusleins, das einen schmalen Spalt offen stand. Leises Gemurmel drang daraus ins Freie und wurde zu sorgenvoll klingenden Worten, je näher Elias und Lena kamen.

»Ein wirklich unglaublicher Vorfall«, sagte der vermeintliche Mönch, just als die beiden unter dem Fenster in die Hocke gingen und lauschten. »Wer hätte das gedacht? Nein, wie furchtbar.«

»Jeder hätte es gedacht, Kollege Butterball«, erwiderte der Lehrer mit der spitzen Nase und der immerschlechten Laune streng. Das war Herr Geiergift. Auch ihn erkannte Elias am Tonfall. »Denn das Haus ist nicht ohne Grund hier – oder haben Sie das vor lauter Seligkeit vergessen, hm? Irgendetwas *musste* ja geschehen.«

»Ja«, seufzte Butterball. »Leider.«

Dann klatschte jemand in die Hände, und das Gemurmel verstummte. »In Ordnung, meine Herren«, sagte Schipanelli. »Sind wir jetzt soweit? Wir sollten beginnen, anstatt noch mehr wertvolle Zeit zu vergeuden. Herr Bleystift?«

Ein Räuspern erklang, lang und ausgiebig. Elias hob vorsichtig den Kopf und spähte durch das offene Fenster. Das Innere der Bibliothek war ein urgemütlicher Raum, so groß wie das gesamte Gebäude. An den Wänden standen deckenhohe Regale voller alter und ein kleines bisschen weniger alter Bücher. In einer Ecke brannten drei Holzscheite in einem gemauerten Kamin, in einer anderen tickte eine imposante Standuhr gemächlich vor sich hin. Auf dem hölzernen Dielenboden lag ein ausgetretener, kreisrunder Teppich, und in der Raummitte stand ein Kreis aus sieben schweren, aber gemütlich wirkenden Ledersesseln. Sämtliche Lehrer von Krähenfels waren anwesend. Sie sahen müde aus, saßen aber tapfer in ihren Sesseln und sahen auffordernd zu dem Mann, der mitten in ihrem Kreis stand.

Ihn kannte Elias nicht. Der Mann – es musste sich um den mysteriösen Herrn Bleystift handeln, dem vermutlich das rote Auto gehörte – war vielleicht sechzig Jahre alt und hatte weißes, leicht zottelig wirkendes Haar. Er trug eine dunkle Kordhose, eine aschfarbene Weste, ein falsch zugeknöpftes Hemd und eine schwarze Schiebermütze.

»Ja, äh, genau«, sagte Bleystift, als er mit Räuspern fertig war. Er machte keinen sonderlich konzentrierten Eindruck. Das konnte allerdings auch an der Furcht liegen, die Elias ihm deutlich ansah. Wer immer dieser Mann war, er hatte sehr große Angst, wenn auch wohl nicht vor den Lehrern von Krähenfels. »Dann berichte ich mal, einverstanden?«

Direktor von Schlotterfest, der mit übereinander geschlagenen Beinen im Sessel wartete, nickte und zwirbelte sich nachdenklich den Schnurrbart. »Wenn Sie so freundlich wären, lieber Bleystift.«

»Also gut. Es … Es begann alles vor etwa zwei Stunden.«

Und Elias Schäfer hörte die unglaublichste Geschichte seines Lebens.

Die Nacht war nahezu sternenklar, als der bekannte Kirchenmaler Konrad Ephraim Bleystift aus der kleinen Kapelle ins Freie trat. Unterhalb des mindestens tausend Jahre alten Gotteshauses konnte Bleystift das Spiegelbild des fahlen Mondes auf der Wasseroberfläche des Totenmaars gespiegelt sehen. Das Maar nahe der Gemeinde Schalkenmehren war noch viel älter als die Kapelle, so viel wusste er. Und beide waren wunderschön – vor allem mitten in der Nacht, wenn keine Touristen um sie herumstreiften oder sich Wanderer auf den schmalen Uferwegen tummelten. Bleystift hörte nichts, nur das sanfte Rauschen des Windes, ein paar leise quäkende Kröten und sogar einen Fuchs, der sich raschelnd durch das Unterholz des Wäldchens nahe der Kapelle schlich und dessen Augen Bleystift in der Dunkelheit funkeln sah.

Mehr Eifel geht nicht, dachte er zufrieden. Er ging zu seinem kleinen roten Auto und hievte die Farbeimer, die er in beiden Händen hielt, in den offenen Kofferraum. Das Auto parkte direkt jenseits des kleinen Friedhofs, der die Kapelle umgab. *Und mehr Feierabend geht auch nicht.*

Den ganzen Tag über hatte Bleystift in der Kapelle gearbeitet. Er war hier, um den Wänden und der Decke im Inneren des ehrwürdigen Bauwerks einen neuen Anstrich zu verpassen. Außerdem sollte er dafür sorgen, dass auch Altarraum und Heiligenfresken in frischem Glanz erstrahlten. Bleystift liebte diese Arbeit so sehr, dass er darüber einmal mehr die Zeit vergessen hatte. Als er endlich merkte, wie spät es geworden war, hatte draußen längst finstere Dunkelheit Einzug gehalten.

Mit einem herzhaften Gähnen schloss der Maler nun sein Auto ab und wandte sich nach links. Dort stand sein kleines Zelt, auf der Wiese vor dem Waldrand. Bleystift hatte sich absichtlich kein Hotelzimmer genommen. Er wollte der wunderschönen Eifler Natur nahe sein. Seine Auftraggeber hatten ihm deswegen ausnahmsweise erlaubt, bis zum Ende seiner Arbeiten bei der Kapelle zu zelten.

Zufrieden näherte er sich der kleinen Behausung, in der sein Schlafsack schon auf ihn wartete. Bleystift öffnete den

Reißverschluss am Zelteingang, drehte sich dann aber noch ein letztes Mal zum Maar um und atmete tief ein. Diese Ruhe und das majestätisch unter ihm glitzernde Wasser – es war einfach himmlisch! Gab es da nicht die Legende, dass ein altes Schloss am Grund des sogenannten Totenmaars stand? Bleystift lächelte. In so märchenhaften Nächten wie dieser fiel es leicht, an Legenden zu glauben.

Der Maler wollte sich gerade schlafen legen, da drangen plötzlich Hufschlag und das heisere Wiehern eines Pferdes an seine Ohren. Überrascht drehte er den Kopf in die Richtung, aus der die Geräusche kamen – zum Wald. Dann riss er die Augen weit auf.

Aus dem Dickicht der Bäume preschte ein weißer Ritter hervor! Seine Rüstung glänzte im Mondlicht. Auf seinem Kopf prangte ein schwer wirkender Helm, und an seiner Hüfte hing ein bedrohlich lang aussehendes Schwert. Auch sein Pferd, ein stattliches und stolzes Tier, war so schneeweiß, als bestünde es allein aus dem Schein des fahlen Mondes und der Luft der Maaresnacht. Atemwölkchen stiegen aus seinen geblähten Nüstern, und wo seine schnellen Hufe den Boden berührten, flogen Grashalme und Erdreich nach allen Seiten fort. Abermals ließ es sein Wiehern hören. Es klang gespenstisch.

»Was in aller Welt …?« Erschrocken wich Bleystift einen Schritt zurück. Er fühlte sich, als sähe er einen waschechten Geist vor sich. »Was geht hier vor?«

Der weiße Reiter hielt mitten auf der Wiese an. Sein Helm mit dem breiten Visier drehte sich erst nach links, dann nach rechts, als suche er etwas, das er nirgendwo fand. Dann sah er zu Bleystift, und seine rechte Hand fuhr zum Knauf des Schwertes!

Der wird doch wohl nicht …

Plötzlich war dem Kirchenmaler eiskalt. Schauer liefen ihm über den Rücken. Die eben noch so friedlich empfundene Nacht kam ihm nun entsetzlich feindlich vor, gefährlich und gespenstisch. Dieser weiße Reiter … Der konnte unmöglich echt sein! Ritter, die wie aus dem Mittelalter aussahen? Pferde aus Mondlicht?

Bleystift wich weiter zurück, weg vom Zelt, dem Waldrand und der unheimlichen Erscheinung. Doch er stolperte über einen Maulwurfshügel. Prompt verlor er das Gleichgewicht und plumpste unsanft mit dem Po auf den schon taufeuchten Wiesenboden.

Das Geisterpferd stolperte nicht. Als Bleystift wieder aufsah, hielt es keine Armlänge vor ihm an. Es schnaubte wütend. Obwohl der Maler genau wusste, wie verrückt und unmöglich das klang, glaubte er, den Waldrand durch den Leib des Tieres hindurchschimmern zu sehen.

Denn es ist nicht fest, schoss es Bleystift durch den Kopf. *Geister haben keine festen Körper. Sie bestehen aus Licht und Luft.*

Letzteres ließ sich aber nicht über das Schwert sagen. Der Ritter hatte es soeben aus der Scheide gezogen. Als die scharfe Klingenspitze nun wenige Millimeter vor Bleystifts Nase verharrte, kam sie dem Maler ganz erschreckend fest vor. Tödlich.

»Wo ist es?«, knurrte der weiße Ritter. Seine Stimme war kalt wie sein Schwert. »Sagt es mir, oder Ihr werdet den Sonnenaufgang nicht mehr erleben!«

Bleystift schluckte trocken. Seine Lippen zitterten, doch er brachte vor lauter Angst kein Wort heraus.

Die Schwertspitze kam noch ein paar Millimeter näher. Das unheimliche Pferd wieherte zornig.

»Ich habe Euch eine Frage gestellt, Mann!«, sagte der Ritter laut. »Ich erwarte, dass man mir Antwort gibt. *Wo ist es?*«

Bleystift öffnete den Mund, schloss ihn, öffnete ihn ein zweites Mal. Er wollte reden, schreien, irgendetwas tun. Aber das Einzige, was ihm über die Lippen kam, war ein schwaches »Hm?«

Der Ritter ließ die Zügel seines Pferdes los und stieg ab. Dann hob er das Schwert, bis die Spitze unten an Bleystifts Kinn stieß. »Mein Heim«, knurrte er dabei. »Sagt mir, was Ihr mit meinem Zuhause angestellt habt. Seid Ihr ein Zauberer, ja? Habt Ihr es verschwinden lassen? So bringt es zurück, oder, bei Gott, es wird Euch schlecht ergehen!«

Bleystift, der alles andere als ein Zauberer war, hob hilflos die Hände. »Ich weiß ehrlich nicht«, begann er mit leiser Stimme, »wovon Sie sprechen, und …«

Er kam nicht dazu, den Satz zu beenden. Lautes Glockengeläut unterbrach ihn. Es drang aus der Kapelle, die doch vollkommen menschenleer sein müsste.

Und mit einem Mal änderte sich alles. Der Ritter zuckte zusammen, als habe er einen Stromschlag bekommen. Er ließ das Schwert sinken und drehte sich zu dem kleinen Glockenturm des Gotteshauses um. Dann schwang er sich zurück auf sein Pferd und ergriff mit der freien Hand die Zügel.

Das stolze Tier stellte sich auf die Hinterbeine und wieherte laut, während sein Reiter das Schwert gen Himmel streckte, als wolle er den Mond erstechen. Danach ritten beide davon. Sie verschwanden ohne ein Wort der Erklärung in dem dunklen Wald, aus dem sie gekommen waren.

Schon nach wenigen Sekunden hörte Konrad Ephraim Bleystift die Hufe nicht mehr schlagen. Auch die Kapellenglocke verstummte so abrupt, als hätte sie nie einen Laut von sich gegeben. Ächzend stemmte sich der Maler vom Boden hoch. Als er zur Kapelle ging, hatte er butterweiche Knie.

Im Inneren der kleinen Kirche war niemand.

»Und dann wusste ich wirklich nicht mehr weiter«, beendete Bleystift seinen Bericht. Hilflos sah er von einem der Krähenfels-Lehrer zum nächsten. Sein Blick blieb schließlich an Direktor von Schlotterfest hängen. »Also fuhr ich los. Ich wollte hierher, Herr Professor. Zu Ihnen. Sie und Ihre Kollegen sind ja … Nun ja, es heißt, Sie seien erfahren in diesen Dingen. In den Sagen der Eifel und so. Na ja, ich habe mich einige Male verfahren, fürchte ich. Da kam plötzlich so ein Viadukt, und dann musste ich quer durch Daun, und danach bin ich wohl falsch abgebogen und … Ach, Sie sind wirklich schwer zu finden.«

Durch den Spalt im Fenster sahen Lena und Elias, wie sehr der Maler litt. Er wusste einfach nicht mehr weiter. Was er erlebt zu haben glaubte, überstieg seine Vorstellungskraft. Und es widersprach allem, was er für normal und wirklich hielt.

Nicht nur er, seufzte Lena innerlich.

Die Geschichte, die sie soeben gehört hatten, war absolut unglaublich. Noch vor vierundzwanzig Stunden hätte sie sie für eine glatte Lüge gehalten, eine sogenannte Räuberpistole – nur dazu gut, Kinder und Narren ins Bockshorn zu jagen. Nun aber bekam sie Zweifel. Wer einen Lavaat gesehen hatte und in einem Haus mit eigenwilligen Launen schlief, konnte einen weißen Geisterreiter nicht einfach so als Fantasie abtun.

»Erfahren *sind* wir«, murmelte Direktor von Schlotterfest. Er saß noch immer in seinem schweren Sessel. Seine Miene war aber mit jedem Wort, das Bleystift gesagt hatte, düsterer und verkniffener geworden. Nun sah er aus, als wäre er am liebsten weit, weit weg von der Bibliothek und allem anderen. »Ob wir Ihnen allerdings helfen und dem

Spuk vom Totenmaar auf den Grund gehen können … Mein armer, lieber Bleystift – das möchte ich doch sehr bezweifeln.«

Der Maler hob entsetzt die Brauen. »Aber …«

»Kein Aber.« Von Schlotterfest stand auf. Er klang beinahe wütend; allerdings wusste Lena nicht, ob die Wut dem verängstigten Kirchenmaler oder ihm selbst galt. »Ich habe Ihnen zugehört, und ich habe mich entschieden: Dieser Sache werde ich nicht nachgehen. Gute Nacht, Herr Bleystift. Kommen Sie wieder, wenn Sie ein *anderes* Problem haben!«

Ratlos sah der Maler ihm nach, während er zur Tür trat. Auch die übrigen Lehrer schauten ihren Direktor an, als habe der den Verstand verloren.

»Herr Professor?«, fragte der dicke Butterball vorsichtig. »Wir sind doch extra hier, um eigenartigen Geschehnissen wie diesem auf den Grund zu gehen.«

Von Schlotterfest schüttelte vehement den Kopf. »Nein, nein und nochmals nein. Ende der Diskussion.«

Und Elias nieste laut genug, um Tote zu wecken!

Lena zuckte zusammen. »Spinnst du?«, flüsterte sie und sah ihren Bruder erschrocken an.

Elias kauerte neben ihr an der Außenwand der Bibliothek. Auch ihn hatte das Niesen sichtlich überrascht. Er hielt sich beide Hände vor den Mund, hatte die Augen weit aufgerissen und wagte es kaum zu atmen. »Ups«, murmelte er. Dann zog er die Nase hoch.

Es war zu spät, um wegzulaufen. Lena wusste es. Trotzdem stöhnte sie niedergeschlagen, als nur einen Sekundenbruchteil später das Fenster weit aufgerissen wurde und niemand Geringeres als Pikrit seinen glubschäugigen Kopf ins Freie steckte.

»Hallo«, brummte der Lavaat mit dem Kieshunger. Es klang fröhlich und ein wenig spöttisch. Es klang wie »Hab ich euch«.

»Du redest nicht viel, oder?« Seufzend gab Lena sich geschlagen. *Beim nächsten Mal lege ich mich* mit dem Teufelchen *auf die Lauer. Das bekommt wenigstens keinen Heuschnupfen, wenn es mal länger an der frischen Luft ist.* Zumindest glaubte sie das.

»Das darf ja wohl nicht wahr sein!«, schimpfte eine neue Stimme rechts von ihr. Sie gehörte Herrn Geiergift, dem übellaunigen Lehrer mit der spitzen Nase. Er war ins Freie getreten, um die Zwillinge mit eigenen Augen zu sehen. »Die beiden Neuzugänge. Ausgerechnet! Ist das etwa nett, mitten in der Nacht die Erwachsenen zu belauschen? Habt ihr das an eurer alten Schule auch gemacht?«

Nun kamen die anderen Lehrer hinzu. Mal mehr, mal weniger böse sahen sie zu den Zwillingen. »Das ist wirklich unerhört!«, fand auch die Schipanelli.

»Oh je, oh je«, murmelte Butterball.

»Gmpf«, machte der kleine Mann mit der Glatze, dessen Namen Lena noch immer nicht kannte. Es schien der einzige Laut zu sein, den er beherrschte und der nicht Dialekt war.

Direktor von Schlotterfest aber schwieg. Er streckte nur eine Hand nach Pikrit aus, der artig vom Fensterbrett hinabhüpfte und an Lena und Elias vorbei zu ihm trottete.

»Wir müssen sie bestrafen, Herr Professor«, fand der Lehrer mit der spitzen Nase. »Sie gleich morgen früh von der Schule werfen und zurück zu ihrem Vater schicken.«

Doch der Direktor drehte sich nicht um. Schweigend ging er zum Haupthaus des Internats Krähenfels, trat ein und schloss die Tür hinter sich und Pikrit. Lena wusste nicht, was in ihn gefahren war. Doch eines wusste sie sehr genau: Sie hatte an diesem verrückten Tag nicht nur ihren Papa weinen sehen. Auch in von Schlotterfests Augen glaubte sie eben Tränen gesehen zu haben.

~

Kapitel 4
Geist aus Luft und Mondschein

Niemand dachte mehr an Strafen. Die übrigen Lehrer waren genauso ratlos wie die Zwillinge. Ohne große Worte schickten sie Lena und Elias kurzerhand zurück ins Haus, während sie und ihr Besucher namens Bleystift im Burghof stehen blieben.

Dort standen sie sogar noch, als die Zwillinge oben in Lenas nachtdunklem Zimmer angekommen waren.

»Glaubst du, sie schauen trotzdem nach?«, fragte Elias. Er und Lena standen am Fenster und sahen ins Freie. »Am Totenmaar, meine ich. Glaubst du, sie fahren hin?«

Lena wirkte grüblerisch. »Darauf würde ich wetten. Nach *der* Geschichte? Wie könnten sie nicht?«

Elias nickte. Was Herr Bleystift erzählt hatte, war ziemlich gruselig gewesen. Aber auch ziemlich spannend. Der Geist eines Ritters auf dem Geist eines Pferdes? Am Ufer eines der Vulkanseen, von denen es hier in der Gegend jede Menge zu geben schien? Und er hatte sein Zuhause gesucht, das verschwunden sein sollte? Eigentlich hätte Elias angst und bange sein müssen, doch je länger er über Bleystifts Bericht nachdachte, desto spannender fand er ihn.

»Die machen das öfters«, murmelte Lena. Sie schaute noch immer auf die Lehrer, die unten im Hof im Kreis standen. »Hast du das Gefühl nicht auch? Dieser Bleystift da vorn … Der wusste doch ganz genau, wo er mit seinem gruseligen Bericht hin sollte. Er wusste, dass Direktor von Schlotterfest ihm würde helfen können.«

Wieder nickte Elias. »Deswegen waren die anderen Lehrer auch so verblüfft, als der Direktor sich geweigert hat.«

»Ganz genau.« Lena kniff die Lider enger zusammen. »Unser seltsamer Schulleiter hilft Menschen, die hier in der Eifel unerklärliche Dinge erleben. So viel ist mir jetzt klar. Aber diesem armen Bleystift will er nicht helfen.«

»Ich frage mich, warum nicht.«

Schweigend sahen sie zu, wie Herr Butterball das breite Tor eines weiteren kleinen Nebengebäudes öffnete. Es handelte sich um die Garage des Internats, denn nur kurz darauf kam Butterball schon aus ihr herausgefahren – am Steuer eines mattschwarzen, uralt wirkenden Lieferwagens.

Lena klatschte in die Hände. »Warum nicht?«, wiederholte sie und blickte zu Elias. »Finden wir es doch einfach heraus. Okay?«

Wenige Minuten später kauerten die zwei Geschwister auf der Ladefläche des alten Lieferwagens. Zwischen mannshohen Kisten und allerhand anderem Gerümpel konnten sie sich gut verstecken. Keiner der Lehrer hatte bemerkt, wie sie sich heimlich auf den Wagen schlichen, und auch jetzt nahm niemand von ihnen Notiz.

Zumindest, solange sie sich festhielten.

»Au!«, flüsterte Elias schon wieder. Mit einer Hand klammerte er sich an den Griff einer der Kisten, mit der anderen rieb er sich den Po. »Kann der nicht mal vorsichtiger fahren?«

Lena seufzte. »Auf *den* holprigen Wegen? Sicher nicht.«

Die Straße zum Totenmaar war alles andere als neu – wie so vieles in der Eifel. Sie war sogar die reinste Buckelpiste. Immer wieder rumpelte der Lieferwagen des kleinen Internats durch Schlaglöcher, die größer als Lenas Kopf sein mussten. Und jedes Mal drohten die zwei Kinder das Gleichgewicht zu verlieren.

Ob es noch weit war? Lena wusste es nicht. Sie sah die Sterne über sich, roch die frische Nachtluft und wartete einfach ab. Einmal glaubte sie, den Viadukt zu sehen, den Herr Bleystift erwähnt hatte. Demnach musste dieses Daun ganz in der Nähe sein. Aber was bedeutete das? Für sie war das auch nur ein Name wie jeder andere. Er sagte ihr nichts. Solange Bleystift und die Lehrer sie und ihren Bruder nicht entdeckten, war alles gut, fand Lena. Nur darauf kam es an.

»Wo liegt dieses Maar überhaupt?«, flüsterte Elias. »Und warum heißt es Totenmaar? Ist ja nicht gerade ein netter Name, oder?«

Sie winkte ab. »Du bist echt ein Feigling, Hohlbirne. Das ist doch nur ein Wort. Ich habe keine Ahnung, woher der Name stammt. Aber Tote gibt's da garantiert nicht.«

»Mal abgesehen von dem toten Ritter und seinem toten Pferd, die herumspuken.«

Lena schwieg. Daran hatte sie nicht gedacht.

»Und wo liegt das Maar nun?«, fragte er erneut.

Sie zuckte mit den Schultern. »Keine Ahnung«, antwortete sie leise. Papa hatte schon vor Wochen einen kleinen Berg an Büchern über die Eifel besorgt, aber sie hatte sich immer geweigert, eines zu lesen. Sie war zu stur gewesen, um sich mit dem Thema – und ihrem Umzug hierher – zu beschäftigen. »Aber denk mal, wie lange wir gebraucht haben, um das Internat zu erreichen«, fuhr sie nun fort. »Vermutlich dauert's auch eine kleine Ewigkeit von Krähenfels bis zum Maar. Hier im Nirgendwo ist bestimmt alles weit voneinander entfernt.«

Keine drei Herzschläge später wurde der Lieferwagen langsamer. Bremsen quietschten, der Motor stotterte ein

wenig, und der Auspuff ließ einen mittellauten Knall hören. Dann stand das alte Fahrzeug.

Sind wir etwa schon da? Staunend hob Lena den Blick und lugte hinter einer der Kisten hervor. Und tatsächlich: Keine zehn Schritte vor ihr, von einem kleinen Mäuerchen und ein paar Bäumen umgeben, stand die Kapelle des Totenmaars.

»Hier gibt's also keine Toten, ja?«, murmelte Elias und stupste sie an. Dabei nickte er in Richtung des kleinen Friedhofs, der die Kapelle umgab. Flackernde Kerzen erhellten die Nacht auf den Gräbern. »Mal ganz ehrlich, Lärma: Du kennst dich hier kein bisschen aus.«

Die Lehrer waren ausgestiegen. Auch Bleystift, der mit seinem eigenen Wagen vorausgefahren war, stand nun auf dem kleinen Parkplatz der Kapelle. Er hatte die Hände in den Taschen seiner Kordhose und sah ziemlich hilflos aus.

»Und hier ist es gewesen?«, fragte Frau Schipanelli den Kirchenmaler.

Bleystift nickte sorgenvoll. »Da hinten«, antwortete er. »Auf der kleinen Wiese am Wald.«

»In Ordnung.« Schipanelli sah zu ihren Kollegen. »Dann gehen wir genau dort hin. Butterball, Sie gehen voraus. Bleystift, bleiben Sie ganz dicht bei mir. Ob mit Direktor oder ohne – wir werden diesem Spuk auf den Grund gehen!«

»Werden wir nicht«, erklang eine Stimme in Lenas und Elias' Rücken.

Erschrocken drehten sich die Zwillinge um. Der Lehrer mit der spitzen Nase hatte sie entdeckt und sich unbemerkt angeschlichen. Nun deutete er auf die zwei blinden Passagiere auf der Ladefläche des Wagens.

»Wir haben Besuch«, sagte er anklagend. »Jungen Besuch. Uneingeladenen Besuch.«

Butterball hob erschrocken eine Hand vor den Mund. Schipanelli kam wütend näher.»Habe ich euch nicht klipp und klar gesagt, ihr sollt ins Haus gehen?«, schimpfte die Lehrerin. »Habe ich euch nicht unmissverständlich auf eure Zimmer geschickt?«

»Wir *waren* im Haus«, erwiderte Elias erstaunlich trotzig. Das Rätsel des Maares schien ihn mehr zu interessieren, als Schipanelli ihn ängstigte. Vielleicht wollte er auch beweisen, dass er kein Feigling war. »Und jetzt sind wir wieder draußen.«

»Ungezogen seid ihr«, sagte die Lehrerin in Schwarz. »Und viel zu neugierig. Erst belauscht ihr uns in der Bibliothek, jetzt schmuggelt ihr euch auf unseren Wagen.«

Lena wusste nicht, was sie sagen sollte. Schipanelli hatte ja völlig recht: Sie und ihr Bruder hatten hier nicht das Geringste verloren. Geistergeschichten waren nichts für Kinder! Was immer hier vor sich ging, konnte gefährlich werden.

Und trotzdem wollte sie in diesem Moment nirgendwo anders sein als an diesem unheimlichen Maar. Weil sie vorhin die Trauer in Direktor von Schlotterfests Gesicht gesehen hatte. Vielleicht war sie sogar die Einzige, der seine Trauer aufgefallen war.

»Da muss man doch was machen«, murmelte sie und merkte erst dann, dass sie die Worte nicht nur in Gedanken ausgesprochen hatte.

Frau Schipanelli blinzelte überrascht. Schweigend sah sie Lena an. »Wie bitte?«, fragte sie dann.

Lena schluckte. »Da muss …«, begann sie und musste gleich wieder schlucken. »Da muss man doch was machen.«

Der Satz war schlicht und wenig hilfreich. Dennoch kam es ihr plötzlich vor, als läge in diesen sechs Worten alles, was momentan wichtig war. Als wäre damit alles gesagt.

Frau Schipanelli nickte langsam. Sie drehte sich um und sah zu ihren Kollegen. »In Ordnung«, sagte sie erneut und klang dabei, als wäre gar nichts gewesen. »Butterball, Sie gehen voraus. Bleystift, Sie und die Kinder weichen bitte nicht von meiner Seite. Verstanden?«

Alle nickten. Nur Geiergift, der Lehrer mit der spitzen Nase, schien nicht überzeugt. »Und was ist mit den Kindern?«, hakte er nach. »Wir müssen sie bestrafen, Frau Schipanelli. Sie sind ungezogene kleine Gören und …«

»Sie sind auf Krähenfels, weil Direktor von Schlotterfest das für richtig hält«, unterbrach Schipanelli ihn streng. »Für *wichtig*. Also, Herr Kollege, hören wir auf unseren Direktor. Geben wir den Zwillingen die Bedeutung, die sie seiner Meinung nach haben. Lena und Elias begleiten uns.«

Damit war das Thema beendet. Schipanelli ging einfach los. Bleystift und die Zwillinge folgten ihr stumm. Nach einem kleinen Moment des Schmollens gehorchte auch Herr Spitznase.

Das Maar war wunderschön. Mondlicht spiegelte sich auf der glatten Oberfläche, und am Ufer spülte vom sanften

Eifelwind bewegtes Wasser über Steine, Wurzeln und Gras. Elias stand an der Friedhofsmauer und sah bewundernd zum Maar hinunter. »Wie im Märchen«, staunte er.

Lena nickte. »Und noch dazu so still. Man glaubt tatsächlich, man wäre in einer ganz anderen Welt gelandet.«

Die Kapelle, an der Herr Bleystift in diesen Tagen arbeitete, war nicht sonderlich groß, aber wirklich schön. Sie bestand aus drei Segmenten, so wirkte es zumindest. Zuvorderst kam der Eingangsbereich mit dem spitzen Turm. Dahinter folgten zwei kleinere Teile, die ineinander übergingen: der Raum für die Sitzbänke und der Altarraum. Kleine Schrifttafeln prangten an den Innenwänden; auf ihnen bedankten sich die Gläubigen, die hierher kamen, für die Hilfe der Mutter Gottes. Und keine drei Schritte jenseits der Schwelle hing das lange Glockenseil in den Innenraum der Kapelle. Ein kräftiger Ruck genügte vermutlich, um die Glocke aus Bleystifts Bericht zum Klingen zu bringen. Wären die Erwachsenen nicht da gewesen, hätte Elias gern mal dran gezogen und das ausprobiert. So aber riss er sich zusammen.

»Kommt ihr?«, fragte Herr Butterball und riss den Jungen aus seinen Beobachtungen.

Sie ließen sich nicht zweimal bitten und folgten den Lehrern und ihrem besorgten Gast auf die Wiese hinter der Friedhofsmauer. Von hier aus war das Maar sogar noch deutlicher zu sehen, und das Spiegelbild des Mondes auf dem Wasser wirkte noch größer als zuvor. Wieder konnte Elias nur staunen. Das Licht und die kleinen Wellen … Mit ein wenig Fantasie kam es einem wirklich vor, als wäre dort unten auf dem Grund des Wassers ein strahlend schönes Märchenschloss oder so. Ein versunkener Palast, der darauf wartete, wieder auftauchen zu dürfen. Wie hatte Direktor von Schlotterfest beim Abendessen gesagt? Die Eifel war ein Ort voller Legenden.

»Also dann, Herr Bleystift«, sagte Frau Schipanelli, als alle mitten auf der Wiese im Kreis standen. »Zeigen Sie uns bitte genau, aus welcher Richtung der Geisterreiter gekommen ist.«

Der Maler hob eine zitternde Hand und deutete auf den Rand des nahen Wäldchens. Die Blicke der Lehrer folgten seinem ausgestreckten Finger.

Elias hielt den Atem an. Angestrengt spähte er durch das Dunkel, dem Waldrand entgegen.

Nichts geschah.

Schweigend wartete die Gruppe. Lauschte. Elias hörte es in den Baumwipfeln rauschen, aber sonst nichts. Sekunden verstrichen. Minuten folgten. Und noch immer rührte sich nirgends ein Geist. Das Einzige, was sich auf der Wiese bewegte, war die Plane von Herrn Bleystifts Zelt, um die der Nachtwind wehte.

Nach einer gefühlten kleinen Ewigkeit lachte Lena leise. »War wohl doch nur eine Geschichte, hm?«, wisperte sie ihrem Bruder zu, der direkt neben ihr stand. Es lag ein wenig Spott in ihrer Stimme. »Dieser Bleystift hat wohl genauso viel unnütze Fantasie wie du, Hohlbirne. Ihr solltet einen Club gründen: den Club der kleinen Angsthasen. Kein Wunder, dass Direktor von Schlotterfest nicht herkommen wollte.«

Sie hatte den Satz kaum beendet, da riss Elias die Augen weit auf. Irrte er sich, oder hörte er plötzlich Hufschlag?

Lena wurde blass. Fragend sah sie ihn an, doch Elias konnte nur mit den Schultern zucken. Und das Geräusch wurde lauter.

»Ganz ruhig«, raunte Frau Schipanelli. Ihr Atem ging auf einmal schneller, und es lag Nervosität in ihrem Ton. »Niemand tut etwas Unüberlegtes, hören Sie? Gaaanz ruhig.« Sie drehte sich zum Waldrand um, baute sich zwischen den Bäumen und den Leuten von Krähenfels auf wie ein Leibwächter.

Doch sie würde niemanden beschützen können. Das begriff Elias, sowie der weiße Reiter erschien. Der Ritter aus Nacht und Mondschein. Das Gespenst.

Es war genau wie Herr Bleystift es beschrieben hatte: Auf einem stattlichen Schimmel, dessen Nüstern weißen Qualm entließen, saß ein ebenso stattlicher Ritter. Seine Rüstung glänzte wie die fernen Sterne. Wo die Hufe seines Pferdes den Erdboden berührten, glaubte Elias Funken fliegen zu sehen.

Herr Bleystift keuchte laut auf. Er wollte weglaufen, doch Frau Schipanelli hielt ihn am Arm zurück. »Noch nicht«, warnte sie ihn leise. »Hören Sie? Zeigen Sie keine Furcht, lieber Herr Bleystift. Niemand von uns. Wir bleiben ganz ruhig.«

Wenige Schritte vor der entsetzten Gruppe hielt das weiße Pferd an. Elias schluckte trocken. Die Erscheinung wirkte absolut echt und gleichzeitig absolut unecht. Ihm war, als bräuchte er nur die Hand auszustrecken, um das Pferd zu streicheln. Doch er ahnte, dass seine Hand durch Luft gleiten würde, wenn er es versuchte.

Dann ergriff der Geist das Wort. Sein Helm mit dem heruntergeklappten Visier ließ seine Stimme metallen klingen und verlieh ihr einen unheimlichen Hall. Außerdem war sie laut – laut und sehr wütend. »Wo ist es?«, fuhr er die Krähenfelsler an.

Frau Schipanelli räusperte sich vorsichtig. »Wir wissen es nicht«, wandte sie sich an den Ritter. »Verzeih uns bitte, aber wir haben dein Zuhause nicht gesehen.«

Elias begriff: Sie wollte den Geist nicht bekämpfen, sie wollte ihm helfen. Ihm Antwort auf die Fragen geben, die er schon Herrn Bleystift gestellt hatte. Schipanelli war nicht hergekommen, um den Spuk vom Totenmaar zu besiegen, sondern um den Ritter zu erlösen!

Der sah das wohl anders. »Ihr lügt!«, fuhr er auf, und es klang fast wie ein Donnerschlag.

Herr Bleystift begann zu wimmern. Eine Wolke schob sich vor den Mond und tauchte die Wiese in noch tiefere Finsternis.

»Tun wir nicht«, sagte Frau Schipanelli ruhig und fest. »Wir verstehen deinen Zorn, Ritter, aber wir können dir den Weg zu deinem Haus nicht zeigen. Wir kennen ihn selbst nicht. Du fragst die Falschen.«

Eine Hand des Ritters lag schon am Schwertknauf, da drehte er den Kopf in Elias' Richtung. Und mit einem Mal ließ er die Hand wieder sinken.

Der Geist stieg vom Pferd. Die Lehrer rückten noch enger zusammen. Herr Bleystift biss sich auf die Unterlippe.

»Ah«, seufzte der Ritter eigenartig erleichtert. Mit langsamen Schritten trat er auf Elias zu. »Ah, da bist du. Endlich bist du da, mein lieber, guter ...«

Plötzlich, die Wolke vor dem Mond war soeben weitergezogen, blieb der Ritter stehen. Schweigend sah er Elias an. Dann zog er sein Schwert!

»Oh, Ihr trügerischen Halunken«, knurrte er. Die blanke Klinge funkelte bedrohlich im Mondschein. »Wollt Ihr mich für dumm verkaufen, ja? Wollt Ihr einen Narren aus mir machen und mich foppen?«

Lena griff nach Elias' Hand. Die ihre war schweißnass.

»Niemand will dich ärgern, Ritter«, sagte Frau Schipanelli, aber auch sie klang jetzt längst nicht mehr so gefasst. Eher besorgt. »Wir sind hier, weil wir dir helfen möchten.«

Die Klinge des Schwertes wanderte in Schipanellis Richtung – bog dann aber ab und deutete auf Herrn Bleystift! Das genügte. Der Kirchenmaler schrie auf, riss sich von der Lehrerin los und ergriff die Flucht. Mit schnellen Schritten rannte er über die dunkle Wiese.

»Oh, oh«, murmelte Elias. Er ahnte, was geschehen würde – und richtig: Der Geist wurde noch wütender als ohnehin. *Zu* wütend. Schon holte er mit der Schwerthand aus!

»Zurück!«, rief Frau Schipanelli und drehte sich zu den anderen um. Sie war kreidebleich geworden. »Laufen Sie. Sofort alle weg hier!«

Doch es kam anders. Elias und Lena hatten keine drei Schritte gemacht, da stolperten sie über einen Maulwurfshügel. Sie verloren das Gleichgewicht und plumpsten der Länge nach auf den Boden.

»Nein!«, rief Frau Schipanelli panisch.

Entsetzt sah Elias auf. Das Schwert des Geisterritters sauste auf Lena und ihn nieder.

Allerdings nur, bis die Glocke der Kapelle ertönte. Kaum hörte der Geist ihren Klang, brach er seinen Angriff ab. Die Schwerthand, die eben noch zuschlagen wollte, verharrte reglos in der kalten Luft.

Was passiert hier?, dachte Elias. *Was ist jetzt wieder los?* Er wagte es nicht, sich zu bewegen. Selbst das Atmen hielt er für riskant. Auch Lena machte neben ihm keinen Mucks.

Der Ritter drehte sich um, verstaute das Schwert in der Scheide und stieg wortlos auf sein Pferd.

»Alles in Ordnung?« Frau Schipanelli kauerte auf einmal neben den Zwillingen. »Geht es euch gut?«, fragte sie leise.

»W… Weiß nicht«, antwortete Elias, ohne den Blick von dem Gespenst zu nehmen. »Und ihm?«

Der Geist hatte kein weiteres Wort gesagt. Stumm zog er die Zügel an. Sein Reittier preschte sofort los, mit schnellen Hufen dem Wald entgegen. Als der letzte Glockenschlag erklang, verschwand der Ritter gerade zwischen den Bäumen. Er war fort.

»Was war das?« Lena keuchte. »Was *sollte* das?«

Frau Schipanelli half ihr und Elias auf die Beine, zuckte dabei aber seufzend mit den Schultern. »Ich wünschte, ich wüsste es«, antwortete sie traurig und hörbar erschöpft. Ihr Blick ging zum Wald, wo keine Spur mehr von dem Unheimlichen zu sehen war. »Glaub mir, Lena. Das wüsste ich sehr, sehr gern.«

»Sind Sie jetzt zufrieden?« Der Lehrer mit der spitzen Nase wartete am Lieferwagen. Er hatte die Arme vor der Brust verschränkt und eine hässliche Rechthaber-Miene im Gesicht. »Haben Sie jetzt erreicht, was Sie erreichen wollten, liebe Kollegin? Die beiden Kinder wären fast gestorben!«

»Fast«, betonte Frau Schipanelli. Sie würdigte Herrn Geiergift keines Blickes. Stattdessen trat sie an ihm vorbei und half erst Lena, dann Elias hoch auf die Ladefläche. »Haltet euch schön fest, ja?«, bat sie sie leise.

»Ich fürchte, Sie nehmen das Ganze eine Spur zu leicht, Schipanelli«, knurrte Spitznase. »Wir haben Schüler in Gefahr gebracht! Wenn von Schlotterfest das erfährt …«

Frau Schipanelli riss der Geduldsfaden. »*Wir* haben gar nichts, lieber Herr Geiergift«, schnauzte sie ihren Kollegen an. Hätten Blicke töten können, hätte ihm der ihre ziemlich übel wehgetan. »*Ich* habe. Nicht wahr? Es war ganz allein meine Entscheidung, und ich werde mit ihr leben müssen.«

Geiergift erwiderte nichts.

Auch die Kollegen schwiegen allesamt. Butterball winkte Lena und Elias traurig zu. Bleystift stieg niedergeschlagen in sein rotes Auto. Und dann fuhren sie los, einfach so. Zurück ins Internat Krähenfels.

Lena sah zu Elias und ahnte, dass auch er sich fühlte wie nach einer bitteren Niederlage.

Kapitel 5
Typisch Erwachsene

An Unterricht war eigentlich nicht mehr zu denken. Trotzdem fand er statt. Lena hatte keine zwei Stunden geschlafen, da klingelte auch schon ihr Wecker. Und nach dem Frühstück warteten die Lehrer, die Bücher und der Schulstoff. Wie langweilig!

Gähnend kämpfte sich die Elfjährige durch eine Stunde nach der anderen. Sie las die Texte, die die Lehrer ihr zu lesen gaben, und vergaß sie sofort wieder. Sie sah an die Tafel, wie man es von ihr verlangte, und doch ins Leere. Denn sie konnte sich nicht auf den Unterricht konzentrieren. Sie wollte es auch gar nicht. Immer wieder wanderten ihre Gedanken zurück zu der Nacht am Maar, zu Bleystifts unheimlichem Erlebnis und zu dem seltsamen Schweigen des noch seltsameren Internatdirektors.

Eins war klar, fand Lena: Herr von Schlotterfest wusste mehr über die Sache mit dem Geisterritter, als er freiwillig zugab. Und wenn sie dem Geist wirklich helfen wollten, sollten sie den Direktor endlich zum Reden bringen.

Als der Gong das Ende der letzten Stunde verkündete, rannten alle anderen Schüler fröhlich in die Mensa im obersten Stock. Einzig Lena schlug einen anderen Weg ein: Sie suchte von Schlotterfests Büro.

Es lag im Untergeschoss, wie sie nach wenigen Minuten feststellte. Um es zu finden, musste man nur ein gutes Näschen haben und dem leichten Schwefelduft folgen, den Pikrit verströmte. Je mehr es stank, desto näher musste der Lavaat sein – und wo der war, war von Schlotterfest sicher nicht weit.

Lena klopfte an die schwere, hölzerne Eingangstür, auf der DIREKTOR stand.

Nichts geschah.

Also klopfte sie ein zweites Mal. Lauter und, wie sie hoffte, strenger.

»Herein«, rief tatsächlich prompt eine Stimme. Sie klang widerwillig – und ziemlich traurig.

Lena öffnete die Tür und trat über die Schwelle. Direktor von Schlotterfests Büro war recht düster. Es wirkte viel kleiner als ihr Zimmer und war ebenfalls ziemlich vollgestopft, ähnlich wie die Mensa. Sie sah hohe Regale voller krempeligem Durcheinander, einen dicken Teppich, weinrote Vorhänge und einen klobigen Schreibtisch, der schwerer sein musste als fünf Butterballs zusammen. Hinter dem Tisch saß von Schlotterfest in einem dunklen Ohrensessel. Er hatte die Ellbogen auf den Tisch gestemmt, die Hände vor dem Gesicht aneinandergelegt, und er sah Lena hinter seinen spitzen Fingern an. Halb fragend, halb streng.

»Ja?«, fragte er. Er schien nicht gerade froh über ihren Besuch. Eher im Gegenteil. »Hast du dich verlaufen, Lena?«

Sie schüttelte den Kopf und schloss die Tür hinter sich. Ihr Herz klopfte. Was tat sie hier eigentlich? Glaubte sie wirklich, sie – ausgerechnet sie – könne einem Erwachsenen eine Standpauke halten? Das da vor ihr war von Schlotterfest, nicht die Hohlbirne namens Elias!

»Nein«, antwortete sie trotzdem. Und schluckte. »Ich habe Sie gesucht.«

Der Direktor hob eine Braue. Doch er schwieg, also redete sie weiter.

»Sie verheimlichen den anderen etwas, oder? Den anderen Lehrern, meine ich. Und … Und Herrn Bleystift. Sie wissen mehr über den Geist vom Totenmaar, als Sie gestern zugegeben haben. Deswegen wollten Sie der Sache nicht nachgehen. Nicht, weil Sie nicht an den Geist glauben. Sondern weil Sie ganz genau wissen, wer dieser Geist *ist.*«

Von Schlotterfest schloss die Augen und seufzte angestrengt. Lena kannte dieses Seufzen gut. So klang ihr Papa, wenn seine Kinder ihm mal wieder fast den letzten Rest seiner Geduld raubten.

»Du solltest zum Mittagessen gehen«, sagte der Direktor fest. »Es gibt Spaghetti, glaube ich, und …«

»Sie wechseln das Thema!«, schimpfte sie – und erschrak sofort vor ihrem eigenen Mut.

Von Schlotterfest sah sie wütend an. Er senkte die Arme und schien etwas sagen zu wollen. Aber stattdessen stand er plötzlich auf. Er drehte sich um und trat zu dem Fenster hinter seinem Sessel, von wo aus man auf den Burghof gucken konnte. »Du weißt nicht, wovon du sprichst, Lena«, sagte er. Seine Stimme klang jetzt ganz und gar nicht mehr gütig und warm. Eher im Gegenteil. »Du solltest dich nicht in Dinge einmischen, die du nicht verstehst.«

Sein Tonfall war der eines Mannes, der keinen Widerspruch duldete. Der das Gespräch für beendet hielt. Der wollte, dass sie endlich ging und ihn allein ließ.

Lena dachte gar nicht daran. »Ich verstehe sogar sehr gut«, sagte sie trotzig. »Ich verstehe Heimweh, Herr Direktor. Ich verstehe Schmerz. Und ich verstehe Feigheit. Der Ritter vom Totenmaar ist nicht von Natur aus böse, oder? Er war gestern Nacht nur böse zu uns, weil er Angst hat.

Angst davor, nie wieder nach Hause zu finden.« Sie nickte so kräftig, als könne sie sich dadurch selbst Mut zusprechen. Zum ersten Mal seit Pikrit in ihrem Zimmer aufgetaucht war, dachte sie wieder an Papa, den Unfall und die kleine Wohnung in der Stadt. All diese Erinnerungen waren nun wie Öl im Feuer ihrer Wut. »Und Sie? Sie sind *jetzt* böse zu mir. Denn Sie haben auch Angst, geben Sie's doch zu! Sie fürchten sich davor, ans Maar zu fahren und dem weißen Ritter ins Gesicht zu sehen. Sie waren angeblich schon überall auf der Welt und haben Dinge erlebt, die ich mir gar nicht vorstellen kann. Aber ausgerechnet Sie fürchten sich vor etwas, dass sich sogar mein kleiner Bruder getraut hat. Warum, verdammt noch mal? Das ist doch lächerlich!«

Von Schlotterfest wandte ihr immer noch den Rücken zu. Er schwieg, doch sie sah seine Schultern leicht zucken. Er war zornig. Und er stand kurz davor, seinem Zorn ebenfalls Luft zu machen.

Lena lachte, leise und humorlos. »Wissen Sie, was?«, fragte sie, und ihre Wut wurde zu bodenloser Enttäuschung. »Sie haben völlig recht, Herr Direktor. Ich verstehe das wirklich nicht. Ich verstehe *Sie* nicht!«

Sprach's und drehte sich um. Sie hatte gerade die Hand zur Türklinke ausgestreckt, als ihr Blick auf Pikrit fiel. Der Lavaat saß im Schatten einer kleinen Zierpalme, die rechts neben der Bürotür in einem breiten Kübel stand. Er nickte, sah Lena traurig an und zuckte hilflos mit den steinernen schmalen Teufelschultern.

Nicht einmal Pikrit versteht sein Herrchen noch, erkannte Lena und schenkte dem kleinen Ungeheuer ein schwaches Lächeln. Dann verließ sie den Raum.

Sie schüttelte den Kopf. Gestern hatte sie ihren Direktor noch faszinierend gefunden, heute war er für sie nur mehr eine gewaltige Enttäuschung. Elias' neuer Freund Phillip hatte unrecht: Von Schlotterfest war ganz und gar nicht spannend und besonders. Er war bloß schwach. Eben ein typischer Erwachsener.

Genug ist genug, dachte Elias Schäfer und nickte entschlossen. Er würde die Liste seiner weltbesten Lieblingsorte der Welt komplett umschreiben, denn das Computerzimmer im Internat Krähenfels gehörte ganz unbedingt auf den ersten Platz. Für immer und ewig. Mindestens!

Der Elfjährige hatte sich direkt nach dem Mittagessen wieder in den menschenleeren Klassenraum voller Technik verzogen. Hier konnte er nach Herzenslust im Internet surfen. Hier störte ihn niemand und er niemanden. Phillip hatte mal wieder völlig recht gehabt: Besser konnte man einen Nachmittag nicht verbringen.

Es sei denn, fand Elias, die große Schwester tauchte plötzlich auf und machte ein Gesicht wie sieben Tage Wlan-Verbot.

»Was willst *du* denn hier?«, fragte er wenig begeistert, als Lena den Kopf in den Raum steckte und sich suchend umsah.

Sie tat, was sie immer tat, nämlich das Gegenteil von dem, was er wollte. Sie trat ein. »Ich wollte zu dir«, antwortete sie bissig. »Freiwillig. Kannst du das glauben?«

»Dir glaube ich grundsätzlich nichts«, brummte er. Das hatte er sich schon vor Jahren geschworen. Seitdem fiel er auf deutlich weniger ihrer Streiche herein als früher. »Ist gesünder für mich.«

Dann sah er wieder auf den Monitor des Computers, vor dem er saß. Vielleicht langweilte sie sich ja und ging wieder, wenn er sie nicht beachtete.

Lena dachte gar nicht daran. »Ich brauche deine Hilfe, Hohlbirne«, sagte sie tadelnd. »Kannst du also bitte mal aufhören, auf deinen blöden Rechenkasten zu glotzen, und mir zuhören?«

»*Rechenkasten?*« Elias verschränkte die Arme vor der Brust. Wer Computer beleidigte, beleidigte auch ihn. »Spinnst du? Das ist kein ›Rechenkasten‹, sondern ein top ausgestatteter Desktop-PC mit einer Grafikkarte, die du mir selbst dann nicht glauben würdest, wenn du Ahnung von Grafikkarten hättest. Das Ding hat eine Internetverbindung, die schneller ist als du hässlich. Gegen ihren Prozessor sieht dein Gehirn aus wie ein fußlahmer Haufen Wackelpudding!«

»Fußlahmer Wackelpudding?«, wiederholte Lena. Dann lachte sie spöttisch. »Echt mal, Hohlbirne: Hörst du dir eigentlich zu, wenn du redest, oder plappert dein Mund völlig frei vor sich hin? So klingt's nämlich, ehrlich gesagt.«

Elias seufzte ungehalten. »Was willst du, Lärma?«

»Antworten«, gab sie zurück – und mit einem Mal klang sie alles andere als streitlustig. »Ich will endlich wissen, was hier gespielt wird. Und eins ist klar wie Kloßbrühe: Von unserem ach so tollen Direktor und den anderen Lehrern werde ich es nie und nimmer erfahren.«

Elias sah seine Schwester überrascht an. »Du meinst …?«, begann er.

»Den Geist.« Lena nickte. »Und dieses seltsame Internat. Elias, der Geist da draußen am Maar hatte Angst! Angst um sein Zuhause, verstehst du? Er leidet. Und der Einzige, der ihm hier auf Krähenfels helfen könnte, ist unser Professor. Aber von Schlotterfest verkriecht sich lieber in seinem nach Schwefel stinkenden, dunklen Büro und hinter seinen eigenen Geheimnissen, anstatt aktiv zu werden.«

Mit jedem ihrer Worte wuchs Elias' Staunen. Kaum war sie mit ihrer kleinen Rede fertig, hob er anerkennend die Brauen. »Gut zusammengefasst, wirklich«, fand er. »Hätte ich dir Erbsenhirn gar nicht zugetraut.«

Sie knuffte ihn in die Seite. »Ich zeig dir gleich, wer hier das Erbsenhirn ist«, knurrte sie schelmisch. Dann kam sie zurück zum Thema. »Also, was ist jetzt? Hilfst du mir? Hilfst du mir dabei, dem Geist zu helfen?«

Elias war mehr als nur ein bisschen stolz auf sich, als er den Monitor seines Computers zu ihr umdrehte und seiner Schwester präsentierte, was er dort zusammengetragen hatte. »Lärma, Lärma«, sagte er mit breitem Grinsen. »Ich dachte schon, du fragst nie.«

Schweigend sah er zu, wie Lena die Internetseite überflog. Dann klickte er die nächste auf, dann die übernächste.

»Du warst ja fleißig«, murmelte seine Schwester erstaunt. Sie ließ sich auf den freien Stuhl neben ihm sinken.

»Was denkst *du* denn?« Elias schnaubte. »Glaubst du, ich drehe hier drin Däumchen, oder was? Den ganzen Morgen hab ich an nichts anderes denken können als an den Ritter und das Maar. Und ich habe mich gefragt, ob ich nicht irgendwo mehr über beide herausfinden kann.«

»Zum Beispiel im Internet.«

Er nickte kräftig. »Das Internet weiß alles, Lärma. Man muss nur wissen, wo und wie man in ihm sucht.«

»Okay.« Sie lehnte sich in ihrem Sitz zurück und sah Elias auffordernd an. »Dann erzähl mal. Was hast du herausgefunden?«

Er fuhr sich durch das kurze Haar. »Puh, eine ganze Menge. In einem hatte Direktor von Schlotterfest nämlich wirklich recht: Die Eifel ist eine Gegend voller Geschichten und Sagen. Und um dieses geheimnisvolle Maar ranken sich gleich mehrere.«

»Taucht in einer von ihnen vielleicht ein heimatloser Ritter auf?«

Nun musste er wieder grinsen. »Ich gebe dir mal die Kurzfassung, einverstanden?«

Lenas Augen wurden größer. »Es gibt *tatsächlich* eine Sage mit einem Ritter?«

»So ungefähr«, antwortete Elias zufrieden. Er rief sich ein paar Fotos auf den Bildschirm, die er im Internet gefunden und heruntergeladen hatte. Es waren Aufnahmen vom türkis im Sonnenschein schimmernden Weinfelder Maar, dem sogenannten Totenmaar. Sie zeigten die Kapelle bei Tag, den schmucken kleinen Friedhof, das Gras am Ufer, sogar den kleinen Wald an der Wiese. Das letzte Bild zeigte das Maar von oben, und mit ihm begann Elias seinen Bericht. »Ich hatte geglaubt, das Totenmaar habe seinen Namen von dem kleinen Friedhof. Das stimmt aber nicht unbedingt.«

»Nicht unbedingt?«, wiederholte Lena skeptisch.

»Na ja, schon. Aber nicht nur. Kommt ganz drauf an, wem du glauben willst. Der Legende nach geht der Name auf ein Schloss zurück. Ein *versunkenes* Schloss.«

Staunend klappte Lena den Mund auf – und sofort wieder zu. »Ich höre.«

»Vor langer, langer Zeit stand dort, wo heute das Totenmaar ist, ein großes Schloss«, erzählte Elias ihr, was er im

Internet erfahren hatte. »So ein richtig schickes Ding, wie im Märchen. Mit hohen Türmen und breiten Zinnen und dem ganzen Zeugs. Dort sollen ein Graf und eine Gräfin gelebt haben.«

Lena legte die Stirn in Falten. »Das kann nicht sein«, fand sie. »Ein Maar ist ein erloschener Vulkan, der mit Wasser vollgelaufen ist. So viel weiß sogar ich. Da stand früher also kein Schloss, sondern ein feuerspuckender Berg. Deswegen heißt die Gegend hier doch auch *Vulkan*eifel.«

Elias winkte ab. »Sei keine Spielverderberin. Willst du die Geschichte jetzt hören oder nicht?«

Sie nickte. »Klar.«

»Dann glaub sie gefälligst auch. Das schönste Märchen macht keinen Spaß mehr, wenn man nicht glaubt, dass der böse Wolf mit Rotkäppchen sprechen konnte oder Rapunzel wahnsinnig stabile Haare hatte.«

Lena hob abwehrend die Hände. »Einverstanden: Du erzählst, ich bin still.«

»Dass ich das noch erleben darf«, murmelte Elias und grinste. Er fuhr fort. »Der Besitzer des Schlosses war ein stolzer Graf, sagt die Legende. Also war er vielleicht ja auch ein Ritter, hm? Und er war ein Familienvater, das steht fest. Denn laut der Geschichte, die ich gefunden habe, ging er wenige Tage nach der Geburt seines ersten und einzigen Kindes im Eifler Wald auf die Jagd. Er ritt morgens in aller Früh los und wollte abends mit großer Beute wiederkehren.«

Seine Schwester beugte sich vor. »Lass mich raten: Als der Graf abends heim kam, war sein Schloss weg und stattdessen das Totenmaar da.«

»Menno, soll *ich* erzählen oder du?«, schimpfte Elias.

Wieder hob sie die Hände. »Tschuldigung. Und, wie ging's weiter?«

»Na ja.« Elias seufzte. Lena hatte ihm die Überraschung verdorben. »Als der Ritter abends heim kam, war sein Schloss verschwunden und stattdessen das Totenmaar da.«

Lena schenkte ihm einen ihrer gefürchteten »Sag ich doch«-Blicke, schwieg aber.

»Und jetzt kommt's«, sagte Elias. »Es heißt, seitdem suche der Ritter sein Zuhause und seine Familie. Es heißt sogar, in besonders stillen Vollmondnächten könne man das Schloss im Wasser des Totenmaars erkennen, wenn man ganz genau hinschaue.«

»Pfft.« Lena lachte leise. »Das sind doch Geistergeschichten und keine Wahrheiten.«

»Ach, und der Geist von gestern Nacht war auch nur eine Geschichte und nicht echt, ja?«

Sie senkte den Blick. »Okay, das ist ein Argument.« Dann klatschte sie in die Hände. »Aber was sagt uns das jetzt alles? Außer, dass es am Totenmaar spukt? Denn das wussten wir doch schon.«

»Es sagt uns«, antwortete Elias und wünschte sich einmal mehr, mit einer weniger begriffsstutzigen Schwester als ausgerechnet der seinen gesegnet zu sein, »dass unser Gespenst nicht nur sein Schloss wiederfinden will, sondern auch seine Familie. Seine Gräfin und das kleine Baby. Verstehst du? Der Geist findet ohne sie keine Ruhe. Er dürfte schon seit vielen, vielen Jahrhunderten um dieses Maarufer herumreiten und nach ihnen Ausschau halten. Aber er kann sie nicht finden. Kein Wunder, dass er so verzweifelt ist. Für den Armen steht die Zeit still, irgendwie. Er kommt einfach nicht vom Maar los, solange er sie nicht findet. Und er weiß nicht, wohin mit sich. Genau wie ein fehlerhaftes Computerprogramm fängt er immer wieder von vorn an und scheitert immer wieder aufs Neue. Er ist verdammt dazu, das Maar heimzusuchen, bis er sein Zuhause wiederhat. Aber das kann er nie finden, denn es ist nicht mehr da.«

Lena schwieg lange. Sie schien nachzudenken. Ihr Blick haftete auf dem Bildschirm und den bunten Fotografien aus dem Internet. Elias glaubte schon fast, sie hätte ihre Zunge verschluckt, als sie endlich den Mund öffnete. »Nein«, sagte sie und schüttelte ihren sturen Dickkopf. »Tut mir leid, Hohlbirne. Du hast wirklich interessante Sachen herausgefunden, das ist klar. Aber die können einfach nicht stimmen.«

Er wollte protestieren, doch Lena sprach einfach lauter weiter.

»Ich erkläre dir auch, warum«, sagte sie und hob einen Finger. »Erstens: Das Maar war früher kein Schloss, sondern ein Vulkan. Das ist eine Tatsache.« Ein zweiter Finger folgte. »Und wenn es kein Schloss gab, kann es dort auch nie einen Grafen gegeben haben. Logisch, oder?« Ein dritter Finger. »Und wenn es gar keinen *Grafen* gab, dann kann der Geist von gestern Nacht auch nicht der Graf aus deiner Legende sein. So einfach ist das.«

Elias traute seinen Ohren nicht. »Aber die Geschichte …«, begann er und deutete auf den Computermonitor.

Lena ließ die ausgestreckte Hand mit den drei Fingern sinken und stand auf. »Geschichten sind bloß Geschichten, kleiner Bruder.« Sie seufzte und strich ihm über den Kopf, wie Papa es immer tat, wenn er Elias nicht ernst nahm. »Das verstehst du bestimmt, wenn du mal so alt bist wie ich.« Sie schenkte ihm ein trauriges Lächeln und ging wortlos aus dem Zimmer.

Wütend sah Elias auf den Bildschirm und das Foto der kleinen Kapelle. »Von wegen alt«, murmelte er und verzog grimmig das Gesicht. »Zwei Minuten. Die ist nur verflixte zwei Minuten älter als ich!«

Er wollte weiter durch das Internet surfen, konnte sich aber nicht mehr konzentrieren. Wohin er auch klickte, es kam ihm alles unnütz und langweilig vor. *Besten Dank auch, Lärma.* Keine fünf Minuten nach Lenas Aufbruch schaltete er den Computer aus.

Es stimmte tatsächlich: Große Schwestern konnten einem echt jeden Spaß verderben. Sogar die Freude über den weltbesten Lieblingsort der Welt.

Kapitel 6

Arme Wesen

Die Nacht war kalt und sternenklar, als Lena zur Garage des Internats schlich. Das breite Tor knarrte nur ganz wenig, und als Elias die Taschenlampe einschaltete und ins Garageninnere leuchtete, sah sie die beiden Fahrräder sofort.

»Sag mir noch mal, warum ich das mache«, bat sie flüsternd und seufzte danach wirklich nur ein kleines bisschen.

Elias, der zwei Schritte vor ihr stand, drehte sich um. »Weil endlich was passieren muss. Das hast du doch gestern selbst gesagt. Einer *muss* hier handeln, und unsere Lehrer tun es bislang nicht.«

Das stimmte. Lena hatte erwartet, dass Schipanelli, Butterball und die anderen auch heute Nacht wieder zum

Maar fuhren, um sich des Gespensts anzunehmen. Doch so lange sie und Elias auch an ihrem Fenster gestanden und gewartet hatten – der Hof war menschenleer geblieben. Irgendwann hatte Elias herzhaft gegähnt, in die Hände geklatscht und gesagt: »Dann machen wir's eben allein.«

Die Zwillinge hatten sich mucksmäuschenstill aus dem Internat geschlichen. Zu ihrem großen Glück war die Garage nicht abgeschlossen. Und die beiden Fahrräder, die Elias dort drin gesehen hatte, waren es ebenfalls nicht.

»Ich nehme das vordere, einverstanden?«, sagte er nun und schwang sich auf den Sattel. Sowie er in die Pedale trat, flackerte die kleine Lampe unterhalb des Lenkers fröhlich auf.

Lena nahm sich das zweite Rad und folgte ihrem Bruder aus der Garage. Das Rad war erstaunlich schwergängig, anders als das von Elias. Lena musste kräftig strampeln, um es in Schwung zu halten. Schon nach wenigen Metern kam sie ins Schwitzen. Außerdem schien es dringend einmal geputzt werden zu müssen – das alte Ding stank nämlich zum Himmel.

Schweigend radelten sie über den verlassenen Burghof und auf den dunklen, unebenen Waldweg, der von Krähenfels wegführte. Die Nacht begrüßte sie wie zwei alte Freunde. Lena hörte eine Eule rufen, spürte angenehm frischen Wind auf ihrer Haut. Fledermäuse flatterten fröhlich im Mondenschein, und hier und da raschelten andere

Tiere im Dickicht der Büsche und Bäume. Einmal war ihr sogar, als sehe sie dort die Augen eines kleinen, neugierigen Fuchses aufblitzen.

In einem hatte Papa doch recht, erkannte sie und staunte über sich selbst. *Es ist tatsächlich schön hier. Sogar* ziemlich *schön. Man muss es nur wahrnehmen.*

Sie hatten sich den Weg zum Weinfelder Maar so gut gemerkt, dass sie ihn jetzt mühelos wiederfanden. Er führte über nachtschlafende Feldwege, bucklige Teerstraßen und durch jede Menge Eifel. Nach einer kleinen Weile, die sich gar nicht so lange anfühlte, sah Lena plötzlich das Maar unter sich.

Elias hielt an. »Siehst du das?«

Auch Lena bremste. Schweigend stand sie auf der menschenleeren Straße oberhalb des Totenmaars. Dicht am Straßenrand begann der Abhang, auf dem allerhand Gestrüpp und ein paar Bäume wuchsen. Auf den Abhang folgte das schmale Ufer mit seinem etwa zwei Kilometer langen Wanderweg, der einmal rund um das Gewässer führte. Und dann kam das Maar selbst.

Es war der Vollmond, der die beiden Geschwister so faszinierte! Er spiegelte sich auf der Oberfläche des Wassers. Schimmerndes weißes Licht auf dunklen kleinen Wellen. Und obwohl es absolut unglaublich war, konnte Lena in diesem Licht tatsächlich ein Schloss erkennen. Ein Schloss am Maaresgrund.

Es war riesig, ein wahrer Palast mit Türmen und Zinnen und Fenstern und einem breiten, pechschwarzen Tor. Schmale, türkisfarbene Fahnen wehten von den Turmdächern, und die starken Wehrmauern waren so weiß wie frischer Schnee.

»Siehst du das, Lena?«, fragte Elias erneut. Er klang, als grusele er sich ein wenig. Aber er staunte auch, das hörte sie. »Sag mir, dass du das siehst. Oder spinne ich?«

»Ich sehe es«, antwortete sie leise. »Aber versteh das bitte nicht falsch, okay? Du spinnst natürlich trotzdem. Immer.«

Elias war zu gebannt von dem Anblick, um auf die Beleidigung zu reagieren. Stumm stand er da und schaute ins Tal.

Die Nacht hier oben am Maar war absolut still. Nirgends regte sich etwas, nirgends erklangen mehr die Geräusche nachtaktiver Tiere. Wären da nicht die leisen Wellen des Wassers gewesen, hätte Lena fast geglaubt, in eines von Elias' Fotos aus dem Internet hineingeraten zu sein. Irgendwohin, wo die Zeit stehenblieb und sich nie etwas veränderte.

Ob sich der Ritter so fühlte? Jede Nacht aufs Neue? Der Gedanke war erschreckend und sehr, sehr traurig.

Lena sah zu Elias und betätigte die Klingel an ihrem Fahrradlenker – teils, damit er sich zu ihr umdrehte, und teils, um endlich mal wieder ein anderes Geräusch als ihrer beider Stimmen zu hören. »He«, schlug sie vor. »Lass uns auf die Wiese fahren, einverstanden?«

Er nickte nachdenklich. »In Ordnung. Und falls …« Nun schluckte er hörbar. »*Wenn* der Ritter wieder aus dem Wald geritten kommt, erzählen wir ihm, was wir herausgefunden haben. Die Legende vom Totenmaar.«

So hatten sie es besprochen. Lena wusste nicht so richtig, was sie sich eigentlich davon erhofften. Aber sie ahnte, dass sie dem armen Geist nur helfen konnten, indem sie mit ihm sprachen. Sie mussten ihm klarmachen, dass sie ihn verstanden. Dass sie seinen Schmerz begriffen. Vielleicht wurde dadurch schon alles besser. Oder wenigstens einiges. Oder wenigstens etwas.

Hoffentlich.

Die Wiese hinter der kleinen Kapelle war absolut menschenleer. Konrad Ephraim Bleystift, der ängstliche Kirchenmaler, hatte nach dem Erlebnis der letzten Nacht wohl seine Siebensachen gepackt und das Weite gesucht. Lena konnte es ihm nicht verdenken.

Mitten auf der Wiese hielten die Zwillinge an. Sie stiegen ab und ließen die geborgten Räder achtlos ins weiche Gras fallen. Von hier aus hatten sie sogar noch bessere Sicht auf das Maar. Das Schloss des Grafen glänzte hell im ruhigen Wasser. Die kleinen Fahnen wehten, als wollten sie die Geschwister zu einem mitternächtlichen Tanz im Schlosshof einladen.

»Es wirkt absolut echt, oder?«, murmelte Elias und trat neben seine Schwester. »Fast so, als bräuchte man nur da runterzugehen und ans Tor zu klopfen. Und dann käme jemand und ließe einen rein.«

Lena wusste nicht, ob sie das wollte. Nein, ganz und gar nicht. Ein kalter Schauer zog über ihren Rücken, und sie drehte sich schnell um. Nun blickte sie auf den Waldrand am anderen Ende der Wiese. Dort fand sie nichts Ungewöhnliches. Nur dunkle Bäume, dunkle Steine und kniehohes Gras. Nur Wahrheit, keine Märchen.

»Und jetzt?«, fragte Elias. Er drehte sich ebenfalls um.

Lena ging in die Hocke und setzte sich auf den Boden. »Jetzt warten wir.« *Und hoffen das Beste*, ergänzte sie in Gedanken, hütete sich aber, es laut auszusprechen. Elias machte sich bestimmt auch so schon fast in die Hose. Sie ja auch.

Die Nacht ließ sie warten. Minuten vergingen und wurden zu Viertel-, dann zu halben Stunden. Hin und wieder zogen kleine Wölkchen über den vollen, runden Mond. Zwei Mal hörte Lena sogar ein Auto über die dunkle Teerstraße auf der anderen Seite der Kapelle fahren. Sonst geschah nichts. Absolut gar nichts.

»Gestern hat das aber nicht so lange gedauert«, stellte Elias fest. »Irgendwas ist heute anders.«

Sie konnte ihm nur zustimmen. Es war bloß so ein Gefühl – aber eines, das sich nicht ignorieren ließ. Irgendetwas war tatsächlich anders.

Und mit einem Mal wusste sie auch, was. Das Schloss! Gestern Nacht hatte man das Schloss am Maaresgrund noch nicht sehen können. Das konnte man nur, wenn der Mond richtig voll und die Nacht richtig klar war.

Dann sollten wir heute vielleicht nicht den Wald, sondern das Maar beobachten, dachte sie, drehte sich um …

… und erstarrte! Denn aus dem Wasser des erloschenen Eifelvulkans stiegen gerade mehr Geister empor, als sie zählen konnte.

»Sie tun uns nichts«, flüsterte Elias und hoffte, es klang überzeugter, als er sich fühlte. Sein Herz schlug so laut, dass man es bestimmt noch in hundert Kilometern Entfernung hörte. Seine Knie waren so weich wie heiße Lava. »Merkst du? Sie wissen gar nicht, dass wir hier sind.«

Lena hatte nach seiner Hand gegriffen und drückte sie nun noch fester. In Ängstliche-Schwester-Sprache hieß das wohl: »Ja.«

Schweigend sahen sich die Zwillinge um. Sie standen nahe dem Maarufer, umgeben von mehreren Dutzend Frauen, Männern und sogar Kindern. Von Geistern. Gestalten aus Nacht, Luft und Mondlicht, die aus dem Maar gekommen waren. Erscheinungen wie der Ritter von gestern. Doch im Gegensatz zum Ritter achteten diese neuen Geister nicht auf die Besucher aus dem Internat Krähenfels. Ihre ganze Aufmerksamkeit galt dem Maar. Genauer gesagt: dem Schloss.

Die Geister trugen Kleidung, wie Elias sie nur aus Geschichtsbüchern und uralten Filmen kannte. Sie standen ganz dicht am plätschernden Wasser, hoben klagend die Hände und versuchten, nach dem Schloss zu greifen, das der Mond auf die Oberfläche des Maares zauberte. Doch sie bekamen es nicht zu fassen. Denn es war nicht *wirklich* da, genauso wenig wie sie selbst. Auch das Schloss war irgendwie ein Geist.

Staunend und sehr, sehr vorsichtig streiften Elias und Lena zwischen den heimatlos gewordenen Schlossbewohnern umher. Wohin sie sich auch wandten, sahen sie nur traurige Gesichter und ungestillte Sehnsucht. Nur Heimweh; unfassbar großes Heimweh.

Haben wir wirklich geglaubt, wir könnten einem dieser armen Wesen helfen? Elias schluckte. *Ausgerechnet wir?*

Der Gedanke war vollkommen lächerlich. Der Schmerz dieser Geister war bestimmt viel zu groß. Was konnten zwei Kinder, die noch dazu erst seit wenigen Tagen in der Eifel lebten, dagegen schon ausrichten? Vielleicht war das auch der Grund für Direktor von Schlotterfests Schweigen – möglicherweise wusste der alte Schulleiter einfach sehr genau, dass er den Spuk vom Totenmaar nicht von seinem Schmerz erlösen konnte. Weil niemand das konnte. Versunkene Schlösser blieben leider versunken, ganz egal, wie sehr man sie sich zurückwünschte. Was man verloren hatte, bekam man nicht wieder. Manchmal gab es im Leben einfach keine zweite Chance.

Lena schien ganz ähnliche Gedanken zu haben. Denn auf einmal beugte sie sich zu Elias vor und flüsterte ihm ins

Ohr. »Lass uns abhauen, okay?«, bat sie mit belegter Stimme. »Ich … Wir gehören hier nicht hin. Nicht zu ihnen. Und auch nicht um diese Zeit.«

Er nickte stumm. Er verstand Lena gut – viel besser, als er es mit Worten hätte ausdrücken können. Diese Nacht am Maar war nicht für die Zwillinge Schäfer bestimmt. Sie gehörte allein den wehklagenden Geistern. Und es fühlte sich ungezogen und falsch an, sie in ihrem Kummer zu beobachten. Das Leid anderer Menschen war kein Schauspiel für neugieriges Publikum.

Stumm drehten sich die Geschwister um und gingen langsam zurück zu ihren Rädern. Niemand hielt sie auf, niemand achtete auf sie.

Elias bückte sich gerade nach seinem Rad, als er aus dem Augenwinkel eine Bewegung bemerkte. Er sah auf – und schluckte wieder. »Oh, oh …«

»Hm?«, flüsterte Lena dicht neben ihm.

»G… Guck mal.«

Er hob die Hand, deutete zum Waldrand. Dann hörte er Lena aufkeuchen. Denn aus dem Dunkel jenseits der Wiese ritt der weiße Graf auf seinem gespenstischen Pferd. Das Tier kam in schnellem Galopp auf die Zwillinge zu. Der Ritter hatte das lange Schwert bereits in der hoch erhobenen Hand.

»Weg hier!«, zischte Lena. »Los, wir müssen hier ganz schnell weg!«

Das musste ihm niemand zweimal sagen. Elias schwang sich auf den Sattel, trat in die Pedale. Doch der Ritter war schneller und versperrte ihm den Weg.

»Nach links!«, rief Lena. »Dran vorbei.«

Elias versuchte, dem unheimlichen Grafen auszuweichen. Und wieder gelang es ihm nicht, denn der reagierte sofort. Mit übermenschlicher Schnelligkeit blockierte der Ritter jeden von Elias' Fluchtversuchen. Auch Lena hatte keine Chance gegen ihn.

Dann senkte der Ritter seinen Schwertarm und deutete mit der langen Klinge auf die Zwillinge. »Wo ist es?«, zischte er böse. »Was habt Ihr kleinen Teufel mit meinem Zuhause gemacht? Sagt es mir, oder es wird Euch schlecht ergehen.«

Elias wollte antworten und dem Ritter alles erklären, aber seine Kehle war wie zugeschnürt.

»Wir wissen, was du suchst«, sagte Lena an seiner Stelle. Die Hand, mit der sie den Lenker hielt, zitterte fast so sehr wie ihre Stimme. »Aber du kannst dein Schloss nicht mehr finden, fürchte ich. Es ist im Maar versunken. Siehst du? Und deine Familie ist mit ihm untergegangen. Es … Es tut uns furchtbar leid.«

Weißer Dampf stieg aus den Nüstern des Geisterpferdes. Es wieherte leise und irgendwie drohend.

Der Ritter zog das Schwert nicht zurück. »Dann seid Ihr also wirklich Teufel, was? Habt Ihr eine Flut heraufbeschworen und mein Heim untergehen lassen? Habt Ihr meine Familie auf dem Gewissen?«

Mit jeder neuen Silbe war er lauter geworden, wütender. Den letzten Satz hatte er nahezu gebrüllt. Und mit einem Mal nahmen auch die übrigen Gespenster von den Zwillingen Notiz. Von den Worten des Ritters angestachelt, drehten sie sich vom Maar weg und kamen auf Elias und Lena zu.

Wir sind umzingelt, dachte der Junge entsetzt. *Vor uns steht der Graf, hinter uns sein kompletter Hofstaat.* »Lena?«, sagte er leise, und sein wild pochendes Herz schaltete noch zwei Gänge höher. Wohin er auch blickte, sah er Gespenster. Es gab keinen Ausweg mehr. »Was machen wir jetzt?«

Doch es war der Ritter, der antwortete. »Das kann ich Euch sagen«, knurrte der Unheimliche. »Ihr büßt für Eure Zauberei. Mit Eurem Leben!«

Lena schrie auf, als ein gleißend heller Feuerstrahl dicht an ihrem Gesicht vorbeizog.

~

Kapitel 7
Das Schloss am Maaresgrund

Die Nacht brannte. Lodernd heiße Flammen schlugen sich ihre Bahn durch die kalte Luft und erhellten das mondbeschienene Dunkel des Maaresufers. Doch ihre Wucht galt nicht den Zwillingen, sondern den Geistern.

»Pikrit«, begriff Lena und keuchte. »Elias, das … Ich glaube, das ist Pikrit!«

Dann spürte sie einen heißen Zug im Nacken, warf sich zu Boden und riss ihren Bruder mit sich. Gerade noch rechtzeitig, denn als sie den Kopf drehte, sah sie den Lavaat hinter sich sichtbar werden. Das kleine Vulkanteufelchen machte seiner Herkunft alle Ehre: Es spuckte Feuer. Breite, lange Strahlen stiegen aus seinem weit aufgerissenen Mund

wie Flammen aus einem gewaltigen Schweißbrenner. Doch sie trafen niemanden. Denn sie wollten niemanden treffen.

»Er hält uns die Geister vom Leib«, erkannte Elias. Er jubelte. »Schau nur, der kleine Kerl hält sie auf Abstand. Damit wir hier wegkönnen.«

Das musste es sein. Wo auch immer der Lavaat hergekommen sein mochte, er half den Zwillingen nach Kräften. Denn seine Feuerstrahlen sorgten dafür, dass der Graf und sein Hofstaat von Lena und Elias abließen. Wo Pikrits Flammenstrahl wütete, wichen die Geister des Totenmaars Schritt für Schritt zurück.

Nun ahnte Lena auch, warum ihr Fahrrad auf dem Hinweg so schwerfällig gewesen war. Und warum es so gestunken hatte. *Ich musste viel mehr Gewicht bewegen als Elias*, dachte sie. *Denn auf meinem Gepäckträger saß ein unsichtbares Teufelchen. Hast du dich uns einfach angeschlossen, du neugieriger kleiner Kieselsteinfresser?*

Eigentlich hätte sie Pikrit dafür ausschimpfen müssen. Doch in diesem Moment war sie einfach nur dankbar.

»Schnell«, rief sie, trat in die Pedale und fuhr los. Pikrit lief voraus und spuckte nach allen Seiten Feuer und Rauch. Seine Flammen bahnten ihr eine schmale Gasse durch die Menge an Gespenstern. Elias radelte hinter den beiden her und klingelte dabei so fest er konnte. Irgendwie schien es ihn zu beruhigen.

Doch sie kamen nicht weit. Das Pferd des Grafen war schneller als Pikrit. Wo die Klagegeister wachsam Platz machten, brauchte der stolze Schimmel nur ein wenig weiter auszuholen, um den Flammen zu entgehen. Und schon blockierte er den Zwillingen abermals den Fluchtweg.

»Mist!«, fluchte Lena. Wieder versuchte sie an ihm vorbeizugelangen, und wieder scheiterte sie. Pikrit mochte den Schimmel auf Abstand halten, aber er konnte ihn nicht verjagen. Solange der Graf auf der Wiese umherritt, würden die Zwillinge die rettende Straße nicht erreichen. »Riesenmist!«

»Was sollen wir nur tun?«, jammerte Elias in ihrem Rücken. »Wir kommen hier nie wieder weg!« Selbst seine Fahrradklingel klang inzwischen verzweifelt.

Und mit einem Mal hatte Lena die Idee des Jahrhunderts.

Die Klingel, schoss es ihr durch den Kopf. *Mensch, die Klingel!*

Das war es, oder? Warum war ihr das nicht schon viel früher eingefallen?

Sie drehte den Kopf und sah hinter sich. »Vergiss die Straße, Hohlbirne. Wir müssen zur Kapelle!«

Die Glocke. Egal, ob in Bleystifts Schilderung oder in ihrem eigenen kleinen Abenteuer von letzter Nacht: Immer hatte der Klang der Kapellenglocke den Spuk beendet. Sobald der Geist die Glocke hatte schlagen hören, war er umgekehrt und wieder im Wald verschwunden.

Heute Nacht ist vieles anders als gestern Nacht, wusste Lena. *Aber* das *hoffentlich nicht. Sonst sind wir erledigt …*

Lena ließ den Graf Graf sein. Fieberhaft trat sie in die Pedale und umklammerte den Lenker fest. Dann wendete sie und fuhr in einem kleinen Bogen, den Pikrits Flammen ihr ermöglichten, einmal im Halbkreis herum. Bis sie die kleine Kapelle des Totenmaars vor sich sah.

Jetzt oder nie!

Sie radelte los. Geister liefen rechts und links von ihr herbei, streckten die Arme nach ihr aus und versuchten, sie zu packen. Noch gelang es ihnen nicht. Noch war Lena zu schnell. Aber irrte sie sich, oder wurden es immer mehr?

Trotzdem ließ sie sich nicht entmutigen. Sie fuhr einfach weiter, die Kapelle wenige Dutzend Meter vor sich und Elias' lautes Fahrradklingeln im Rücken. Sie fuhr und fuhr und fuhr, mitten durch die unheimliche Gesellschaft. Ohne nachzudenken. Wer zu viel nachdachte, bekam doch nur noch mehr Angst, oder? Und das war das Letzte, was sie jetzt brauchen konnte.

Noch fünf Meter bis zum Mäuerchen, das die Kapelle und den Friedhof von der Wiese trennte. Lena konnte schon die Tür des kleinen Gotteshauses sehen. Direkt dahinter, das wusste sie, hing das Glockenseil. Die Rettung war nah. Schneller und immer schneller fuhr Lena auf die Kapelle zu.

Noch vier Meter bis zum Mäuerchen.

Noch drei.

Noch …

»Hab ich Euch!«, rief der Geisterritter.

Er schien aus dem Nichts zu kommen, so schnell war er. In einem Moment hatte Lena noch freie Bahn gehabt, im nächsten preschte plötzlich der Graf zwischen sie und die Friedhofsmauer. Er riss an seinen Zügeln. Sein weißes Pferd hielt direkt vor der Mauer an. Es wieherte wütend und stellte sich auf die Hinterbeine. Der Graf reckte den Schwertarm in die Höhe, als wäre er ein Sieger und die Waffe sein stolzer Pokal.

Erschrocken bremste Lena. Elias keuchte, als sein Vorderrad mit ihrem Hinterrad zusammenstieß. Doch auch er blieb prompt stehen. Er wusste wohl so gut wie sie, dass sie verloren hatten. Als Lena über die Schulter blickte, sah sie, dass sie nicht auf Pikrit hoffen konnten. Der kleine Lavaat hatte mehr als genug damit zu tun, die anderen Geister auf Abstand zu halten. Er würde sich nicht um den Ritter kümmern können.

»Keinen Meter mehr«, knurrte der Ritter. Er senkte das Schwert und deutete mit der Spitze der Klinge in die Richtung der Zwillinge. »Hört Ihr? Keinen Meter weiter, Ihr elenden Zauberer, oder es kommt Euch teuer zu stehen.«

»W… Wir …«, begann Lena stotternd. Doch sie hatte keine Worte mehr. Die Angst nahm sie ihr.

»Ihr wolltet wohl flüchten, hm?« Der Ritter schüttelte den Kopf. »Schämt Euch. Ihr seid nicht nur Hexer, Ihr seid auch Feiglinge. Und Feiglinge verdienen es nicht, den Morgen zu sehen.« Wieder holte er mit dem Schwert aus. »Vielleicht stimmt es, was Ihr sagt. Vielleicht kann ich wirklich nie wieder nach Hause. Aber ich kann und ich werde die Welt von Euch erlösen – heute Nacht. Ein für alle Mal!

»Lärma?«, fragte Elias leise. Er klang so ängstlich wie Lena sich fühlte. Und so hilflos.

Mondlicht spiegelte sich auf der Klinge des Schwertes, als sie erbarmungslos niedersauste.

Dann läutete die Kapellenglocke. Laut und feste. Klänge wie Ausrufezeichen. Klänge, die keinen Widerspruch duldeten. Mit jedem neuen Schlag der Glocke verschwanden mehrere

Geister aus dem Hofstaat des Grafen. Einfach so, als wären sie nie da gewesen. Schon nach vier Schlägen war die Wiese wieder so gut wie leer. Sogar Pikrit, der seinen Feueratem einstellte, sah sich verwundert um. Elias verstand ihn gut.

Der weiße Ritter hielt inne, und sein Schwertarm verharrte in der Luft. Der Ritter drehte den behelmten Kopf in Richtung der Kapellentür. »Was ist *das* nun wieder für ein Zauber?«, knurrte er. »Ist es ein Trick? Steckt Ihr dahinter, Ihr kleinen Teufel?«

Elias wollte verneinen, brachte aber kein Wort heraus. Lena schien es ganz ähnlich zu gehen.

Der Ritter stieg vom Pferd. Er sah ein letztes Mal warnend zu den Zwillingen. »Rührt Euch nicht vom Fleck, verstanden?« Langsam trat er auf die Kapelle zu. Er näherte sich der kleinen Tür, streckte die freie Hand nach der Klinke aus. Dann richtete er sein Schwert auf die Tür und zog sie ruckartig auf.

Kerzenlicht erhellte das Innere der kleinen Kapelle. Elias konnte den Vorraum mit den vielen marmornen Dankestafeln jenseits der Schwelle erkennen. Und den Mann, der darin stand.

Professor Doktor Doktor Hilarius von Schlotterfest hatte beide Hände um das Glockenseil gelegt. Wieder und wieder zog er daran, und jeder Zug sorgte für einen neuen Glockenschlag. Erst als er den Geisterritter bemerkte, hörte der Direktor auf zu läuten.

»Oh«, sagte er nur. Doch in diesem kleinen Wort schien unendlich viel Bedeutung zu liegen, zumindest für ihn.

Elias sah zu Lena. Die zuckte nur mit den Achseln. Sie verstand genauso wenig wie er, was gerade geschah.

Der Ritter ließ sein Schwert sinken. Nein, sogar fallen! Es plumpste einfach so auf die steinernen Stufen vor dem Kapelleneingang. Dann hob der Ritter eine Hand und deutete auf Herrn von Schlotterfest. »Das … Bist du … Das ist unmöglich!«

Abermals verstand Elias gar nichts mehr. Der Geisterritter keuchte ja! Das furchteinflößende Gespenst bekam keinen ganzen Satz mehr zustande! Was passierte hier nur?

Direktor von Schlotterfest stand im Inneren der Kapelle, von flackernden Kerzen umgeben. Er ließ das Glockenseil los. Langsam verhallten die letzten Schläge der Glocke in der kalten Nachtluft über dem Totenmaar.

Der Ritter ließ die Hand sinken und wich zwei Schritte vom Kapelleneingang zurück. Dabei schüttelte er den behelmten Kopf, als könne er nicht fassen, was er da sah.

Der Schuldirektor trat schweigend auf die Schwelle des Gotteshauses, dann ins Freie. Er ließ den Ritter nicht aus den Augen. Nicht einmal, als er den Zwillingen einen schnellen Seitenblick zuwarf.

»Geht es euch gut?«, fragte Herr von Schlotterfest leise. Seine Stimme klang belegt, und in seinem Ton schwang Widerwillen mit, aber auch ehrliche Sorge. »Lena?«

Lena nickte. »Ich glaub schon«, murmelte sie.

Elias konnte sich nicht länger zusammenreißen. »Professor, was passiert hier?«, platzte es aus dem Jungen heraus. »Wo kommen Sie denn plötzlich her? Sind Sie uns etwa auch gefolgt, genau wie Pikrit?«

Der alte Schulleiter seufzte nur. »Ich bin bereits seit Stunden hier«, antwortete er dann. »Seit Sonnenuntergang. Und ich … Ich habe gewartet. Auf den Ritter.«

»Warum?«, fragte Elias. Er spürte sofort, dass das nicht ganz die richtige Frage war. Aber irgendwo musste er ja schließlich anfangen, also nahm er sie nicht zurück.

»Warum?« Von Schlotterfest lachte kurz auf. Es lag aber keine Freude in diesem Lachen. »Weil mir heute jemand sehr Kluges gesagt hat, ich sei ein Feigling.«

Lena zuckte sichtlich zusammen.

Doch Direktor von Schlotterfest schenkte ihr ein kurzes Lächeln. »Und dieser Jemand hatte vollkommen recht. Danke, Lena.« Dann widmete er sich wieder dem Geist. »Du hast etwas gesucht, sagt man mir«, sagte er laut zu dem Ritter. »Nun denn. Hör mit deiner Suche auf. Denn du hast es jetzt gefunden.«

Abermals wich der Ritter zwei Schritte zurück. Fast wäre er rückwärts gegen einen der Grabsteine geprallt. Er hob eine Hand zum Helm, als wolle er sein Visier hochklappen. Doch er zögerte. »Nein«, sagte er ungläubig, und es klang wie der Hauch des Windes.

Von Schlotterfest nickte. Er blieb stehen und breitete die Arme aus.

»Nein«, wiederholte der Ritter fassungslos und sehr, sehr leise.

Elias runzelte die Stirn. Hinter der Stirn des Elfjährigen überschlugen sich die Gedanken. Vorsichtig stieg er vom Rad und beugte sich zu seiner Schwester vor. »Lärma«, bat er ruhig. »Kannst du mir erklären, was hier gerade passiert?«

Sie schluckte schwer. In ihren Augen glitzerte es feucht. »Die kennen sich«, antwortete sie dann still. »Der Ritter und der Direktor kennen sich. Verstehst du, was das bedeutet?«

Und mit einem Mal verstand Elias tatsächlich. »Nein«, hauchte nun auch er vor lauter Staunen. Er ließ sein Rad zu Boden fallen und konnte nur noch glotzen.

Der weiße Ritter klappte das Visier seines Helms hoch. Darunter kam ein blasses, aber freundliches Gesicht zum Vorschein. Das Gesicht eines Mannes, der sein Glück kaum fassen konnte.

»Du«, sagte er. »Du bist es. Du.«

Die Worte galten Direktor von Schlotterfest, diesem Schulleiter voller Geheimnisse, und der nickte stumm.

Der Ritter trat auf ihn zu und hob die Hand erneut. Doch er wollte den Schulleiter nicht bekämpfen. Das sah Elias ihm an. Stattdessen wollte er ihm sanft über die Wange streichen, zögerte aber.

»Du bist es«, wiederholte der Ritter. »Und du bist hier.«

Erneut nickte der Direktor. »Das bin ich. Du hast mich gefunden, Vater. Du brauchst nicht länger zu suchen, siehst du? Du brauchst nicht mehr traurig zu sein. Es ist gut.«

Ein freudiges Lachen stieg aus der Kehle des Gespensts mit der Rüstung. Der Ritter sah Herrn von Schlotterfest an, schweigend und erleichtert. Dann drehte er sich um, ging zu seinem Pferd und stieg in den Sattel. Kurz bevor er losritt, sah er ein letztes Mal zu dem Schulleiter. Er lächelte. »Es *ist* gut«, sagte er, und es klang absolut zufrieden. Es klang wie eine Erlösung.

Der Direktor nickte nur.

Und mit einem Mal ritt der weiße Reiter los. Doch sein Ziel war nicht länger der Waldrand. Stattdessen lenkte er sein stolzes Pferd geradewegs auf das Maarufer zu.

Elias riss die Augen weiter auf. »Siehst du das?«, fragte er seine Schwester.

Das Schloss! Es stieg aus den Fluten des Maares. Mit jedem Hufschlag, den der Schimmel auf der mondbeschienenen Wiese tat, ragte das Schloss des Grafen ein gutes Stück weiter aus dem Wasser empor. Elias sah weiße Mauern, hohe Türme, breite Zinnen und türkisfarbene Fahnen, die fröhlich im Eifler Wind flatterten. Und das pechschwarze Tor des Schlosses stand sperrangelweit auf. Durch das Tor konnte Elias die anderen Geister sehen, den Hofstaat von vorhin. Sie alle standen im Innenhof des Schlosses und warteten auf ihren Herrn. Auf den, der endlich heimkehren durfte.

Der Ritter erreichte das Ufer und ritt einfach weiter, ins Wasser und auf das offene Tor zu. Sein Pferd wieherte dazu, und die Leute im Innenhof des Schlosses begannen zu jubeln, laut und fröhlich. Dann war er am Tor, war er über die Schwelle.

Das Tor schloss sich hinter ihm und verschluckte den Jubel.

Im selben Moment zog eine Wolke am Mond vorbei und tauchte die Nacht in nahezu völlige Dunkelheit. Nur für zwei Sekunden, aber das war lange genug. Als die Wolke weiterzog und das Mondlicht wieder aufs Maar fiel, waren das Schloss und seine Bewohner spurlos verschwunden. Das Maar lag so ruhig da, als wäre nie etwas gewesen.

Elias sah zu den anderen. Lena, Direktor von Schlotterfest und Pikrit, der langsam neben sein Herrchen trottete, waren die einzigen übrigen Zeugen des nächtlichen Geschehens. Auch sie schauten staunend zum Wasser.

»Sie sind sein Sohn«, murmelte Lena plötzlich und guckte ihren Schulleiter an. »Deswegen wollten Sie nichts mit der Sache zu tun haben. Deswegen wollten Sie nicht hierhin, als Herr Bleystift Sie darum bat. Sie lieben Sagen und Rätsel, aber dieses Rätsel war Ihnen zu persönlich. Es schmerzte Sie zu sehr.«

Von Schlotterfest senkte den Blick. Er strich Pikrit über den Kopf. »Ich war zu feige«, gestand er. »Und zu erschrocken. Es ist *eine* Sache, Legenden nachzuforschen, Lena. Aber es ist eine ganz *andere* Sache, wenn man selbst die Legende ist. Wenn es um dich geht, nicht um andere. Ich hatte Angst vor der Wahrheit. Angst davor, ihm gegenüberzutreten. Ich wusste nicht, dass es ihn noch immer hier draußen gab. Und als ich es erfuhr, bekam ich Angst. Kannst du das verstehen?«

Lena nickte, und auch Elias glaubte zu begreifen, was der alte Mann meinte. Nicht mit dem Kopf, aber mit dem Herzen.

Dann stutzte er. »Moment mal«, sagte er und legte den Kopf leicht schräg. »Wenn Sie der Sohn des Grafen sind … Und das Schloss hier schon stand, bevor es das Maar gab … Dann müssen Sie ja … Also, dann sind Sie doch mindestens …« Hilflos kratzte er sich am Hinterkopf. Es gab Zahlen, die waren sogar für ein Computerhirn wie das seine zu groß.

»Was meine Hohlbirne von Bruder wissen möchte, ist dies«, sagte Lena und schenkte ihm ein hämisches Grinsen. »Wie alt sind Sie, Herr Direktor? Sie stecken voller Geheimnisse, aber dieses *eine* Geheimnis ist nicht länger geheim, denn Elias und ich kennen es nun. Also? Wie alt sind Sie wirklich?«

Es gehörte sich nicht, solche Fragen zu stellen. Dennoch wollte Elias in diesem Moment nichts sehnlicher wissen.

Von Schlotterfest schien das zu verstehen. »Älter als du denkst«, antwortete der Schulleiter mit einem schelmischen Lächeln. »Und jünger als du glaubst.« Dann griff er in die Tasche seiner Tropenhose und nahm zwei Kieselsteine heraus. Pikrit riss sofort das Maul auf, und der Direktor ließ die Steinchen hineinplumpsen. Der tapfere Lavaat schmatzte zufrieden.

»Darf ich einen Vorschlag machen?«, sagte von Schlotterfest. »Ihr ahnt sicher, dass ich ungern über meine Vergangenheit rede. Ich bin nicht ihretwegen in der Eifel, sondern wegen anderer Geschichten – *neuer* Geschichten. Und ich würde es sehr begrüßen, wenn wir das Abenteuer von heute Nacht einfach für uns behalten. Einverstanden? Ihr verratet es niemandem, ich verrate es niemandem. Dann sehe ich auch ausnahmsweise darüber hinweg, dass ihr zwei Ausreißer euch unerlaubt aus der Schule geschlichen habt, um herzukommen.«

Lena sah zu Elias. Sie grinste noch immer. »Klingt fair«, fand sie.

Der Junge nickte. »Von mir aus«, brummte er. Irgendwie enttäuschte es ihn, dass er diese unglaublichen Erlebnisse mit niemandem teilen durfte. Jedenfalls mit niemandem außer seiner blöden Schwester.

Direktor von Schlotterfest trat neben ihn und legte ihm eine Hand auf die Schulter. »Keine Sorge, Elias«, sagte er. »Wir sind hier in der Eifel. Da ist die nächste Sage nie weit entfernt. Es werden weitere Abenteuer kommen, da bin ich mir sehr sicher. Immerhin sind wir ja genau deswegen hier, oder etwa nicht?«

Das genügte. Elias spürte, wie sich ein breites Grinsen auf seine Züge schlich. Die Enttäuschung von eben wich gespannter Neugierde.

Von Schlotterfest lud die Zwillinge ein, ihn auf den Parkplatz zu begleiten. Dort stand sein Auto. Gemeinsam würden sie zurück nach Krähenfels fahren, wo ihre Betten warteten, und noch ein wenig schlafen, bevor der neue Schultag anbrach.

Während der Direktor mit Pikrit vorausging, hoben Lena und Elias ihre Räder vom Wiesenboden auf. »Und du hast geglaubt, in der Eifel wäre nichts los«, sagte Elias und knuffte seine Schwester in die Seite. »Das ist echt typisch für dich, Lärma: Du hast einfach von nichts eine Ahnung.«

»Ach ja?«, entgegnete sie. »Und du hast eine hohle Birne, du Hohlbirne.«

Dann mussten sie beide lachen. Sie lachten sogar noch, als sie wieder auf Burg Krähenfels ankamen. Denn sie wussten, dass die Eifel, ihre neue Heimat im vermeintlichen Nirgendwo, alles andere als langweilig war. Ganz im Gegenteil. Wie sollte man sich an einem Ort langweilen, der vor fantastischen Geschichten nur so überquoll?

Wissenswertes über die Sagen und Legenden aus *Sagenhaft Eifel!*

Das **Weinfelder Maar**, manchmal auch **Totenmaar** genannt, liegt etwa zwei Kilometer südöstlich der Kreisstadt Daun. Es ist über zehntausend Jahre alt und entstand durch Vulkanaktivitäten. Das heutige Maar ist gute fünfhundert Meter lang, knapp vierhundert Meter breit und über fünfzig Meter tief. Somit ist es das tiefste der Dauner Maare, zu denen neben ihm noch das Schalkenmehrener und das Gemündener Maar zählen. Das Weinfelder Maar gilt als beliebter Ausflugsort, genau wie seine zwei »Brüder«; baden darf man in ihm allerdings nicht. Seinen Namen hat es von der ehemaligen Gemeinde Weinfeld, sein »Spitzname« verweist auf den Friedhof nahe seinem Ufer.

Die heute dem heiligen Sankt Martin geweihte **Kapelle** oberhalb des Weinfelder Maares existiert schon seit dem Mittelalter. Sie und der dazugehörige Friedhof werden bis in die Gegenwart von den Menschen der Region benutzt.

Auch viele Touristen suchen in der Kapelle die Hilfe der Mutter Gottes.

Die Kapelle war einst die Pfarrkirche des Ortes Weinfeld. Der Ort wurde im sechzehnten Jahrhundert aber aufgegeben, weil seine Bewohner an der Pest erkrankten und starben. Daraufhin nutzten die Bewohner der Nachbarorte die Steine und anderen Baumaterialien der Weinfelder Häuser, um damit woanders neue Häuser zu bauen. Deswegen ist von Weinfeld heute keine Spur mehr übrig, abgesehen von der Kapelle.

Vielleicht geht die Sage vom versunkenen Schloss, auf die Lena und Elias in diesem Buch stoßen, auf den Ort Weinfeld und sein tragisches Schicksal zurück.

Die Eifel und insbesondere die Vulkaneifel ist reich an **Maaren** wie dem aus unserem Abenteuer. Manche von ihnen sind mit Wasser ge-

füllt, andere nicht. Maare ohne Wasser nennt man Trockenmaare, und auch sie entstanden vor sehr, sehr langer Zeit aufgrund von vulkanischer Aktivität.

Doch vor den Vulkanen der Eifel braucht man sich heute nicht mehr zu fürchten. Der letzte Vulkanausbruch in dieser Gegend ist über elftausend Jahre her. Wie die gesamte Region erinnern auch die Maare der Eifel an jene längst vergangenen Zeiten. Wer die

Schönheit der Dauner Maare und der sie umgebenden Vulkanlandschaft auf einen Blick genießen möchte, sollte vielleicht auf den etwa elf Meter hohen **Dronketurm** steigen. Der steht gleich neben dem Weinfelder Maar auf dem Mäuseberg. Von dort aus hat man eine be-

sonders gute Aussicht - bei schönem Wetter sogar bis in den Hunsrück! Und wer einmal in einem echten Vulkan schwimmen oder auf ihm Bötchen fahren möchte, kann das Naturfreibad Gemündener Maar besuchen. Von dort ist es auch nur ein Katzensprung bis zur Kapelle unseres Abenteuers.

Der **Dauner Viadukt**, an dem sich unser Kirchenmaler Bleystift mit seinem kleinen Auto verfährt, ist eine ehemalige Eisenbahnbrücke und liegt in der Eifler Kreisstadt Daun.

Die Bundesstraße 257 führt unter der Brücke hindurch. Sie wurde Anfang des zwanzigsten Jahrhunderts gebaut. Heute kann man mit dem Rad über diese dreißig Meter hohe Brücke fahren – auf einem Radweg, der sogar zu den Maaren führt – und hat ganz Daun im Blick.

Es gibt viele Sagen, die sich um das Weinfelder Maar ranken. Die vom versunkenen Schloss und dem heimatlos gewordenen Grafen ist nur eine von ihnen – allerdings eine sehr schöne. Solltet ihr das Weinfelder Maar besuchen, achtet doch einmal ganz genau auf das türkis schimmernde Wasser. Vielleicht könnt ja auch ihr das versunkene Schloss in den Tiefen des Maares erkennen …

Der Autor

Christian Humberg wuchs im Herzen der Vulkaneifel auf. Heute schreibt er Romane für große und kleine Leser, die schon in knapp ein Dutzend fremder Sprachen übersetzt wurden, und verfasst in Hollywoods Auftrag spannende Comicabenteuer für die bekannten Leinwandhelden aus *Drachenzähmen leicht gemacht, Hotel Transsilvanien, Die Olchis* und *Wickie und die starken Männer.* Von ihm stammen unter anderem die beliebten Kinderbücher *Die Adlerreiter und das Horn der Rohira, Die unheimlichen Fälle des Lucius Adler* und *Die Wächter von Aquaterra* (allesamt Thienemann-Esslinger Verlag) sowie die bereits mehrfach fürs Theater adaptierte und von der Stiftung Lesen empfohlene Reihe *Drachengasse 13* (Edition Roter Drache).

Anlässlich der Frankfurter Buchmesse wurde der Schriftsteller und Literaturübersetzer im Oktober 2015 mit dem Deutschen Phantastik-Preis ausgezeichnet. Wenn Christian mal nicht neue Geschichten erfindet, sieht man ihn oft in Schulen und Büchereien, auf Conventions und Buchmessen, wo er aus seinen Werken liest und aus dem beruflichen Nähkästchen plaudert.

Wer noch mehr über ihn wissen möchte, erfährt es unter **www.christian-humberg.de.**

Band 2
Der Schrecken der Teufelsschlucht
ISBN 978-3-946328-16-2

Band 3
Im Reich der Matronen
ISBN 978-3-946328-32-2

Band 4
Der Spuk vom Laacher See
ISBN 978-3-946328-34-6

Band 5
Das Geheimnis der Säubrenner
ISBN 978-3-946328-50-6

Band 6
Das Phantom von Prüm
ISBN 978-3-946328-55-1

Band 7
Der Spuk vom Hochkelberg
ISBN 978-3-98508-018-2

Band 8
Das Rätsel von Schönecken
ISBN 978-3-98508-035-9

Die Abenteuer unserer drei Helden sind auch als E-Book und Hörbuch erhältlich!